荒井裕樹

まとまらない
言葉を生きる

柏書房

まとまらない言葉を生きる

荒井裕樹

本書の地の文中、〈　〉は具体的な資料等からの引用を意味し、「　」は筆者による固有名詞・語句・フレーズの強調等を意味するものとします。

まえがき　「言葉の壊れ」を悔しがる

「言葉が壊れてきた」と思う。いや、言葉そのものが勝手に壊れることはないから、「壊されてきた」という方が正確かもしれない。

こう書くと、若者の言葉遣いが乱れてきたとか、古き良き日本語表現が忘れられていくとか、そうした類いの苦言や小言に受け取られてしまうかもしれない。でも、ここで考えたいのは、もう少し深刻で、たぶん陰鬱《いんうつ》な問題だ。

日々の生活の場でも、その生活を作る政治の場でも、負の力に満ち満ちた言葉というか、人の心を削る言葉というか、とにかく「生きる」ということを楽にも楽しくもさせてくれないような言葉が増えて、言葉の役割や存在感が変わってしまったように思うのだ。

この本は、こうした「言葉の壊れ」について考える本だ。できれば、それに抗《あらが》うための本でありたい。

ただ、そこまで立派なものになれるかどうか、正直自信がない。でも、せめて「言葉が壊されつつある」ことに警鐘を鳴らして、「言葉が壊される」ことを悔しがりたい。この本を手に取ってくださった方々と、このやり切れない思いを分かち合いたい。

「憎悪」の言葉と出くわす場所

言葉は、ややこしい。

人を侮辱《ぶじょく》し、貶《おとし》め、罵《ののし》り、蔑《さげす》む言葉は、今も昔も変わらず存在する。文脈や状況次第では、あらゆる言葉が毒にも薬にもなる。まったく同じ言葉が人を生かしもすれば殺しもする。そのあたりは、ちょっと昔のハリウッド映画みたいに「悪」と「正義」がくっきりはっきり切り分けられるわけじゃない。

こんなことを書いているぼくだって、私怨《しえん》が絡めば荒々しく乱暴な言葉を吐き出すことがある。人間は感情が複雑に入り組むからこそ人間なのであって、どうしてもそうした言葉が必要になるときがある。だから、日本語の体系の中から、荒々しくて乱暴な言葉を一掃すべきだなんて思わない。

でも、こうした言葉と出くわす場所というか、出くわし方というか、出くわす頻度というか、そうしたものは明らかに変わってきた。「私怨」の範囲を超えて、もはや誰の「怨」なのかもわからないような異様な荒々しさや禍々《まがまが》しさが、堂々と表通りを歩き出したような感じと言ったらいいだろうか。

特に二〇一〇年代に入って以降、憎悪《ぞうお》・侮蔑《ぶべつ》・暴力・差別に加担する言葉がやけに目につくようになってきた。少しＳＮＳをのぞいてみれば、海外にルーツを持つ人・少数民族・生活保護受給者・性的少数者・障害者・生活困窮者・路上生活者・移民・外国人技能実習生たちに対する「理解のない発言」や「心ない言葉」はもとより、「憎悪表現」としか言い様がない言葉も溢れている。

ソーシャル・メディアは、かつてとは比較にならないくらい個々人の日常に食い込んできた。民間のサービスだけじゃなく、公共のサービスを受けるためにも必要になってきたから、これはもはや生活インフラだ。こうした場に粗雑で乱暴な言葉が溢れていることの怖さは、何度でも強調しておいた方がいい。

更にいうと、こうした言葉はもはやネット空間に留まらなくなってきた。二〇〇〇年代初頭、いわゆる「ネット掲示板」が登場して、匿名だからこそ発生する「インターネットの闇」が騒がれたけれど、いまや憎悪表現は匿名どころか、発信者の顔と名前を晒《さら》して、家族連れが行き交う街中でも飛び交うようになった。

憎悪表現は、ふりまく側にとってみれば自分なりの正義を叫んでいるのかもしれない。でも、そうした言葉をよくよく聞いてみると、卑近《ひきん》な嫌悪感が卑俗《ひぞく》な正義感をまとっているだけだったりする。

「言葉が壊される」というのは、ひとつには、人の尊厳を傷つけるような言葉が発せられること、そうした言葉が生活圏にまぎれ込んでいることへの怖れやためらいの感覚が薄くなってきた、ということだ。

「質」としての重みがない言葉

「言葉が壊される」というのは、これだけじゃない。社会に大きな影響力を持つ人、財力や権力を持つ人、そうした人たちの言葉もなんだか不穏になってきた。対話を一方的に打ち切ったり、説明を拒絶したり、責任をうやむやにしたり、対立をあおったりする言葉が、なんのためらいもなく発せられるようになってしまった。

この本に収められた文章は、第一次政権を含めて歴代最長となった内閣が国の舵《かじ》取りをしている期間に書いたものだ。個々に独立したこれらの文章をまとめるための「まえがき」（いま読んでもらっているこれ）は、当の総理大臣の辞任（を決めたけれどまだ辞めはしないという不思議な）会見[1]を見た直後に書きはじめた。

長期政権が続くということは、それだけ国や社会が安定している証拠であると考えられることが多い。でも、あの内閣が存続した時期、この国は、この社会は、ぼくらの生活は、本当に安定していたのだろうか。

国や社会の安定度を測るには、いろいろな視点があるだろう。経済（株価・平均賃金・完全失業率・雇用率など）を指標にする人もいるだろうし、治安（犯罪認知件数・検挙率・体感治安など）を重視する考え方もあるだろう。離婚率や出生率などが大事だという意見もあるかもしれない。

いろいろな評価があるだろうけれど、少なくともぼくは、あの政権が続いた時期、この社会は決して安定などしていなかったし、むしろ根底から揺らいで、傾いて、危ない状態になったんじゃないかと思う。

「なぜ、そう思うのか？」と聞かれたら、「言葉への信頼を壊したからだ」というのが、ぼくの答えになるだろう。

あの政権は、国会質疑や記者会見の場で「まったく問題ない」「その批判は当たらない」

1　二〇二〇年八月二九日、安倍晋三首相（当時）は持病の潰瘍性大腸炎の再発を理由に辞任する意向を示した。

といった言葉を繰り返してきた。面倒なことを説明したくない（説明できないことは話題にしたくない）という意図が透けて不信感が募ったけれど、それ以上に、こうした議論の打ち切り方は「議論の際は根拠を示して丁寧に説明すること」と教室で叫び続けているぼくからすれば「学生に見せられない議論」そのもので、教育に関わる者の一人として耐えがたいものがあった。

　更にいえば、「〇〇と言ったことはない」[2]といった発言や、いわゆる「ご飯論法」[3]といった議論の仕方も、恩師から「学者の発言に時効はないからな」と教わってきたぼくにとっては「！」で頭がパンクするくらいに衝撃的だった。

　日本語には「言質《げんち》を取る」という慣用表現がある。あまり耳慣れないけど「言葉質《ことばじち》」という表現もある。この「質」は「人質」の「質」。言葉は本来「質」になりえるくらい大事なもので、発言者自身の言動をも縛ってしまうほど重いということだ。

　人と人が議論できたり、交渉できたりするのは、言葉そのものに「質」としての重みがあるからだ。でも、いまは言葉の一貫性や信頼性よりも、その場その場でマウントを取ることの方が重要らしい。とりあえず、それさえできれば賢そうにも強そうにも見えるのだろう。でも、「言質」にもならない言葉で国や社会や組織が運営されているのって、考えてみれば怖くて仕方がない。

とは言いつつも、あの政権が「言葉を軽んじていた」というのは正確じゃない。人目を惹《ひ》くキャッチフレーズというか、キャッチフレーズで人目を惹くことというか、そうしたことにはやけに力を入れていたからだ。

「一億総活躍」「女性活用（→女性活躍→女性が輝く）」「人づくり革命」等々といったフレーズはぼくでも諳《そら》んじられるくらいだから、やっぱりインパクトは強かった。政策の中身はまったく覚えていない。でも、フレーズだけは見事に頭から離れない。

こうした言葉は、中身があるのかどうかはわからないけれど、発信者の威勢の良いときには価値がありそうに見える。あるいは、威勢の良さだけが価値を担保しているとも言え

---

2 二〇一八年九月一四日、自民党総裁選の立候補者討論会で、石破茂元幹事長との論戦中、安倍首相（当時）は〈私はトリクルダウンの政策だとは一度も言ったことはない〉と発言した。同じ席上、〈拉致問題を解決できるのは安倍政権だけだと私が言ったことはない〉とも発言している（参考「焦点採録　自民総裁選討論会　14日」『朝日新聞』二〇一八年九月一五日、朝刊四面）。なお「トリクルダウン」というのは、富裕層が更に豊かになれば経済活動が活発になり、低所得層も豊かになるという経済学の考え方。安倍内閣の経済政策「アベノミクス」では、力のある大企業が利益を上げて成長し経済活動を牽引すれば、経済成長の果実は中小企業にももたらされ、結果的に社会全体の成長に寄与するはずだと考えられていた。しかし、この政策によって日本社会では「富める者はますます富み、貧しい者はますます貧しくなる」という格差が進んだのではないかと言われている。

3 「朝ご飯は食べましたか？」という問いに、「（お米の）ご飯は食べてない（パンは食べたけど）」といったかたちで、意図的に論点をはぐらかすような論法のこと。法政大学教授・上西充子さんのツイートがネーミングのきっかけになった。

る。なんだか「軍票《ぐんぴょう》」（軍が発行する特殊な通貨、「軍用手票《ぐんようしゅひょう》」の略）みたいだ。

ああした言葉に「頼もしさ」や「雄々《おお》しさ」を感じてしまったとしたら、一度立ち止まって、深呼吸してみて、自分がつかまされているのが本当に軍票じゃないかどうかを確認した方がいいだろう。

そういえば、あの政権は分断や対立をあおる言葉も多かった。「こんな人たちに負けるわけにはいかない」発言[4]も、様々な利害関係を持った国民をまとめて調整していく責務を負った立場の人の口から出たのかと思うと悲しかった。

軍票的な言葉は、自分の価値が下がらないように、本当は自分に価値なんてないことがバレないように、常に敵を作り、対立をあおり、気勢を上げる無限ループを走り続ける。

そうした言葉が、言葉を壊していく。

要約できない「魂」のようなもの

と、なんだか途中から政治批評みたいになってきたけれど、この本の主眼はこういうところにあるわけじゃない。

もちろん、ある時代の言葉の在り方というのは、その時の政治状況に影響を受ける。言葉について考える本だからといって、政治のことを考えなくていいなんて道理はない。でも、この本の話の本筋は、もう少し違うところに置きたい。

いま、ぼくたちが生きるこの社会で「言葉が壊されつつある」ことを、実は多くの人が薄々感じているんじゃないか。お金や権力を持っている人たちの口から飛び出す言葉や、SNSに溢れる言葉が、何かおかしいし、息苦しいし、聞いていてつらいと感じる人が、決して少なくないんじゃないか。

だから、そうした人たちと「言葉が壊される」ことへの危機感を共有するのは、きっと、そんなにむずかしいことじゃないと思う。「最近目につく酷《ひど》い言葉リスト」のようなものをつくって、何がどう酷いのかを解説すれば、それなりの人が賛同してくれるだろう。

逆に、とても説明がむずかしいことがある。

「言葉が壊された」という指摘から、更にもう一段掘り下げて、「具体的には何が壊されたのか」について説明しようとすると、なかなかどうしてうまくいかない。

4　二〇一七年七月一日、安倍首相（当時）は、秋葉原の街頭で行なった東京都議選応援演説の場で、聴衆の一部から湧き上がった「帰れ」「やめろ」といった声に対して〈こんな人たちに皆さん、私たちは負けるわけにはいかない〉と発言した（参考「『こんな人たち』は私だ　都議選惨敗、安倍退陣を求めるデモに8千人」『週刊アエラ』二〇一七年七月二四日、五八頁）。

「壊されたもの」というのは、強いて言えば、言葉の「魂《たましい》」というか、「尊さ」というか、「優しさ」というか、何か、こう、「言葉にまつわって存在する尊くてポジティブな力めいたもの」なのだけれど、こうしたものは短くてわかりやすいフレーズにはなりにくい。もどかしいことに、いまの社会では、「短くわかりやすいフレーズ」に収まらないものは、そもそも「存在しない」と見做《みな》されてしまう（逆に言えば、実体なんかなくてもキャッチーなフレーズさえ出せれば存在しているように見えてしまう）。でも、この本で考えたいのは、この「短い言葉では説明しにくい言葉の力」だ。

言葉には、疲れたときにそっと肩を貸してくれたり、息が苦しくなったときに背中をさすってくれたり、狭まった視野を広げてくれたり、自分を責め続けてしまうことを休ませてくれたり……そんな役割や働きがあるように思う。

そうした言葉の存在を、言葉の在り方を、なんとか描き出してみたいのだけれど、大切なものほど言葉にしにくいのが世の常というか、人間の業《ごう》というか、とにかく手短にまとめたり、きれいに切り出したり、スマートに要約したりすることができない。

だから、この本では「壊されたものとは○○だ」と、わかりやすい結論は言わないし、言えない。回りくどいかもしれないけれど、「魂」や「尊さ」や「優しさ」が感じられる言葉の実例を、その発信者のエピソードと重ねて、ひとつひとつ紹介していくことにする。

正直、この本はうまく章立てもできない。自慢じゃないけど（いや、少しは自慢だけど……）、ぼくはこれまで本を書いてきて、章立てや構成が思いつかなかったことはない。でも、この本だけはまったく無理だ。

何かをきれいにまとめようとすると、そこからスルリと落ちるものがある。わかりやすくはっきりした看板を立てようとすると、逆に「伝えられることの総和」が目減りする。こうした「伝えにくいもの」を伝えるためには、どうすればいいのだろう……と、ひどく悩んで出した答えが、「とにかく、ひとつひとつ言葉を積み上げていって、積み上がったものを通じて、読者の皆さんに感じてもらうしかない」だった。

だから、この本の構成は、それぞれの話をとにかく並べたかたちになっている。でも、ぼくからすると、並べるだけでも精一杯だった。

逆に言えば、この本はどこから読んでもらっても構わない。どこから読みはじめて、どこで読み終えても、まったくぜんぜん問題ない。こう言うと無責任に思われるかもしれないけど、ここに紹介した言葉は、書き手であるぼくのシナリオや道筋になんか収まらない、不思議な力のある言葉たちだ。

それと、この本で紹介する言葉の担い手たちは、歴史上の偉人でもなければ、世間の有名人でもない。どちらかというと思いっきり庶民で、草の根のど真ん中を生きた人たちだ。ウィキペディアにさえ載ってない人も多い。よほど戦後日本の社会運動に詳しい人でなければ、この本に登場する人物のことをご存じないだろう（そうした「忘れられた小さな偉人たち」を紹介することも、実はこの本の隠しテーマだったりする）。

だから、この本は「世界の偉人名言集」みたいに、一部を読みかじって「□□っていう人が△△って言ってるんだよね」とか、「それって××的にいうと○○ってことだよ」とかいった具合に、賢《さか》しらに格好つけることもできない。手っ取り早く、効率よく、何かを得たいと思う人にはコスト・パフォーマンスが悪いだろう（ちなみに、ぼくが一番嫌いな言葉は「コスト・パフォーマンス」だ）。

それでも、それでも、この本を書こうとするのは、「言葉の壊れ」に抗いたいからで、言葉の力を信じたいからだ。失ってはならない言葉の尊厳が、ここにあるように思うのだ。

目次

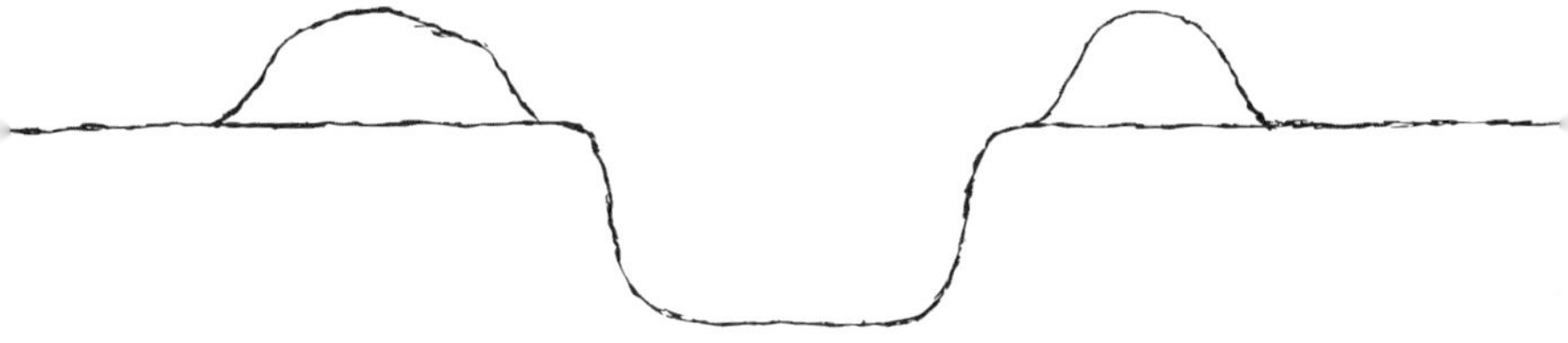

第一話

正常に「狂う」こと

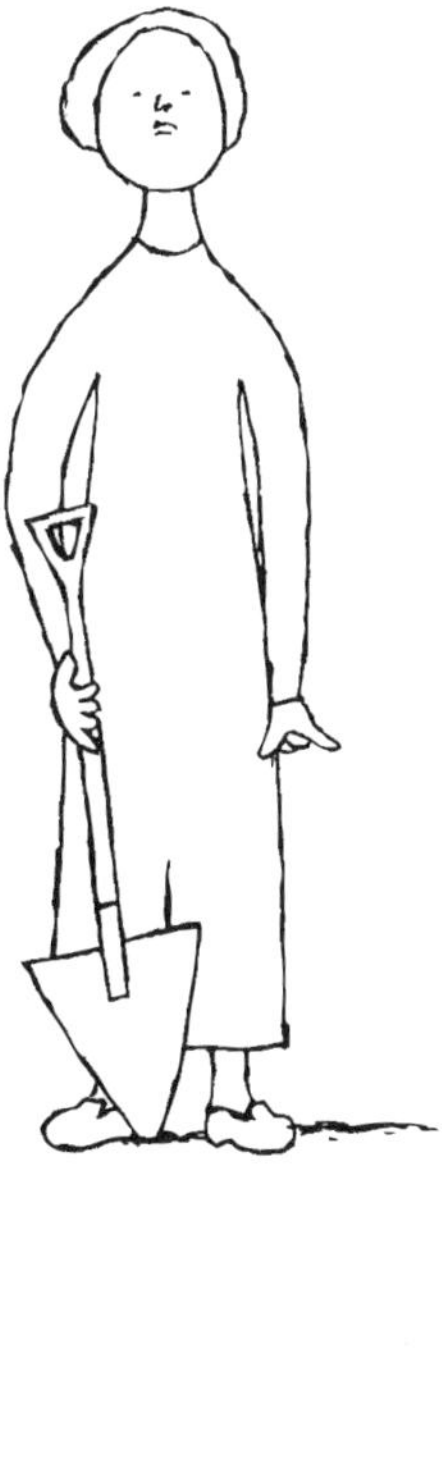

「まえがき」に収まらなかったので、ここで簡単に自己紹介をさせてほしい。

ぼくは、かれこれ一〇年ほど「文学者」という仕事をさせてもらっている。なんだか捉えどころのない肩書き（職種）で、何がどうなったら「文学者」と名乗ってよいのかむずかしいところだけれど、とにかく、日々、読んだり、書いたり、耳を傾けたりして、言葉の問題について考えることを仕事にしている。

「言葉の問題について考えることを仕事にしている」というと、むずかしい漢字をたくさん書けたり、語彙《ごい》（ボキャブラリー）が豊富だったり、文法に詳しかったり、といった「言葉の先生」というイメージを持たれることが多いのだけれど、残念ながら少し違う。

ぼくの仕事は「言葉そのものについての研究」というよりも、「この社会に存在する数々の問題について『言葉という視点』から考えること」といった方がしっくりくる。

学者が自己紹介をするときは、自分の専門分野を紹介することが慣習になっているので、ちょっとだけ専門の話を書かせてほしい。

ぼくの専門は「被抑圧者の自己表現活動」。こう書くとなんだか仰々《ぎょうぎょう》しいけれど、簡単に言うと、この社会の中で、いじめられていたり、差別されていたり、不当に冷遇されていたりする人たちは、厳しい境遇にいる自分のことをどのように表現するのだろうか――

といった問題について研究している。

どうして「自己表現」を研究テーマにしたかというと、ぼく自身「自分で自分を表現すること」が苦手だったからだ。小さい頃から、自分の中に「表現」するに足る何かが存在するなんて思えなかったし（基本的にぼくは「自己肯定感」なるものが低い）、いまでも自分の感情を強くはっきり表明することは得意じゃない（あまり「否《いな》」を言えないタイプかもしれない）。

そんなぼくは学生時代、とても誠実な「自己表現」をする人たちに出会った。病気があったり、障害があったりして、日々の生活も大変なのに、それでも「自分らしい言葉」で社会の理不尽と闘ったり、世間の冷たい風をいなしたりしながら、人生を楽しむ人たちに出会ったのだ。

その人たちの多くは、障害者運動や患者運動に関わる人たちだった。こうした「運動」に関わる人というと、世間的には「特別」とか「偏った」というイメージを持たれることが多いけど、ぼくが知っているその人たちは、割と「普通」で「平凡」だったように思う。ぼくと大して変わらない「普通の人」が、いろいろと試行錯誤、七転八倒しながら、自分がここに存在しているという事実を自分の言葉で表現していた。

嫌なことは「嫌」と言い、否の場合は「否」と言い、楽しいときは顔をくしゃくしゃにして笑い、怒ったときはむちゃくちゃに怒っていた。そうした人たちの喜怒哀楽をともなった言葉から、この社会が抱える問題の多くを学んだ。

とても陳腐《ちんぷ》な言い方だけど、それはとにかく魅力的だった。あの頃に味わった「言葉への感動」の蓄積が、その後のぼくを作ったと思う。

そんなこんなで、言葉を考える仕事についたぼくは、いま、猛烈な危機感を覚えている。ぼくたちが生きるこの社会に、ある不気味な言葉が溢れているということに。

その不気味さを説明するのはむずかしい。でも、強いて言えば「言うのは簡単だけれど、言えば言うほど息苦しくなる言葉が増えてきた」ということになるだろうか。

黙らせる圧力

ひとつ、ぼくの周囲で起きた例を挙げて説明したい。

ぼくが慕っていた先輩（仮に「Aさん」としておく）が、職場のハラスメントが原因でうつ病になり、苦しい思いをしたことがあった。

症状そのものもつらそうだったけど、それよりも苦しそうだったのは、「うつ病になった自分」を受け入れられない自己認識のトラブルみたいなものだった。

Aさんは、とにかく仕事を休むことを嫌がった。心配した人からクリニックの受診をすすめられても、かたくなに拒んだ。自分はそんなに弱くない。ここで怠けたら職場に戻れなくなる。そう言って毎朝、定時に家を出続けた。

ある日、重い身体を引きずるようにしてバス停のある国道を歩いていると、Aさんの頭に「あの大きな車の下に飛び込めば楽になれるかも……」という考えがよぎった。次の瞬間、Aさんは急に怖くなって道路標識の支柱にしがみついた。この体験をきっかけに、Aさんは自分の限界を自覚したらしい。

のちのち、Aさんの状態が落ち着いてから話を聞いたけど、なんとも複雑な気持ちになってしまった。

その職場には以前にも、心を病んで休職したり、出社しても簡単な仕事しかできない社員がいたらしい。Aさんは、そういった人たちを陰で非難していた。「仕事ができない人がいるから、こちらの負担が増えて困る」とか、「あれで給料もらえるならうらやましい」とか、そんな愚痴《ぐち》めいた陰口だった。

とはいっても、Aさんは特に「悪い人」という感じではない。多忙な職場の愚痴の吐き合いみたいな場では、ついついこうした言葉がこぼれてしまうことはあるだろうし、なんとなくその場の雰囲気に合わせて同調してしまったりすることもあるだろう。Aさんも、そんな感じで毒っぽい言葉をこぼしていたのかもしれない。

そのAさんが、自分もハラスメントの被害を受けたことで、つらく苦しい状況に追い込まれてしまった。気持ちも身体も、重くて、苦しくて、つらい。頭では、がんばりたいし、がんばらなきゃいけないとは思っていても、どうしても身体が動かない。

Aさんは、それまで自分が非難していた人と同じ状況になってしまった。そして、いままで自分が言い放ってきた冷たい言葉が、自分にも跳ね返ってきてしまった。

こうしたしんどい状況に直面して、Aさんはどう対処したか。「ああいう人たち」と思っていた立場に自分がなってしまったと認めるのが怖くて、それを否定したくって、誰かに助けを求めるどころか、重い身体にムチ打って無茶苦茶にがんばってしまったというのだ。


どこかの職場や学校で、誰かが心を病むほどのハラスメントが起きて、それが問題になったりすると、しばしば被害者に対して「やめてって言えばよかったのに」とか、「被害を訴えればよかったのに」とかいった言葉が投げかけられたりする。

でも、それはかたちを変えた自己責任論。こういった言葉に、どれだけの人が黙らされてきたのだろう。

ハラスメントというのは「個人的な問題」だと思われがちだけど、本当は会社とか組織の在り方が問われる「社会的な問題」だ。その「社会的な問題」に個人が直面しているのであって、ハラスメントで傷つけられることは「個人的な問題」なんかじゃない。

だからこそ、相談できる機関を整備して、被害を私事化させないことが大事なんだけど、ハラスメントの怖いところは、個人から「相談しよう」という発想そのものを奪ってしまうところにある。

しかも、Aさんの場合は、なんともやりきれない。自分が「ああいう人たち」に対して放ってきた言葉に、自分自身が苦しめられる負のスパイラルに陥ってしまったのだから。

ハラスメント被害者への「やめてって言えばよかったのに」もそうだけど、本来なら社会の問題として考えなければならないことを、特定の個人に押しつけようとする言葉をよく見聞きする。

こうした言葉というのは、「言う」のはとても簡単だ。深く考えなくていいし、手間もかからない。ちょっと「上から目線」で言えるから優越感も味わえる。

でも、この種の言葉は、言えば言うほど息苦しさが増す。自分も息苦しくなるし、周囲も息苦しくさせる。

最近、病気がある人、障害がある人、高齢になった人、貧困状態になった人、家族に何らかの問題を抱える人、犯罪被害に遭った人などのことを、「生きづらさを抱えた人」という言葉で表すことが増えた（なんだか回りくどい表現だけど、とりあえずこの言葉を借りておこう）。

冒頭でぼくが書いた「危機感」というのは、実はここに関わってくる。「言うのは簡単」だけど、「言えば言うほど息苦しくなる言葉」が社会に溢れて、こうした「生きづらさを抱えた人」を黙らせようとする圧力が急速に高まってきているように思うのだ。

言葉には「降り積もる」という性質がある。放たれた言葉は、個人の中にも、社会の中にも降り積もる。そうした言葉の蓄積が、ぼくたちの価値観の基を作っていく。「心ない言葉」なんて昔からあるけど、ソーシャル・メディアの影響で「言葉の蓄積」と「価値観の形成」が爆発的に加速度を増してきた。しかもその爆発を、誰もが仕掛けられるようになってきた。

それが怖い。

「誰かを黙らせるための言葉」が降り積もっていけば、「生きづらさを抱えた人」に「助けて」と言わせない「黙らせる圧力」も確実に高まっていくだろう。

Aさんが直面した「心の病」も、「弱い」「甘えてる」「怠けてるだけ」なんて言われることが多い。本人も「心の病」で休職した同僚のことをそう言っていた。でも、そうした言葉が積もり積もって、本人がその「圧力」に潰されそうになってしまった。

忙しくて疲れていれば、「こっちだって大変なんだけど」と愚痴のひとつもこぼしたくなる。毒づきたいときだってある。ぼくだって、そんな感情と無縁で生きてるわけじゃない。

でも、「生きづらさ」の重さ比べをしても決して楽にはならない。むしろ、結果的に「黙らせる圧力」を高めてしまうだけだ。

こんな「圧力」を高めてはいけない。理由は「生きづらい人が可哀想《かわいそう》だから」じゃない。「可哀想」というのは、「自分はこうした問題とは無関係」と思っている人の発想だ。

こうした圧力は、「自分が死なないため」に高めてはいけないのだ。

抗うための言葉

残念なことに、「黙らせる圧力」は黙っていても弱くはならない。これに抵抗するためには、ぼくたちは何か言葉を積み重ねていかなければならない。

でも、どんな言葉がいいのだろう?

ありきたりなことかもしれないけれど、それは過去に学ぶしかない。例えば、こんな言葉を綴《つづ》った人がいる。

ある視点からすればいわゆる気が狂う状態とてもそれが抑圧に対する反逆として自然にあらわれるかぎり、それじたい正常なのです。

精神病への偏見がいまよりもずっと強かった一九七四年、「全国『精神病』者集団」という団体が結成された。「精神病者」が連帯して差別や偏見に立ち向かい、患者の人権を軽んじる精神科医療の問題を厳しく指摘した団体だ（いまもし続けている）。引用したのは、ここに参加した吉田おさみ（一九三一〜一九八四年）の言葉。当時、「心を病《や》む」ことは、「その人が弱い・悪い・おかしい」で片付けられていた。心を病んだ人は、とにかく薬を飲ませておくか、長期入院させておけば「問題は解決した」と考えられていた。

その理不尽さに対して、吉田おさみは黙っていなかった。心を病むのは〈抑圧に対する反逆〉として〈正常〉なのだと言い切った。この言葉のすごいところは、返す刀で「では異常なのは何？　誰？」という問いを突きつけてくるところだ。

当たり前だけれど、環境や条件さえ整えば、誰の心だって壊れうる。だとしたら、「心を壊しにかかってくるもの」の方が問題だ。この言葉を知ると、人の心が壊れうることへの想像力のない人が社会のあり方を決めていくことの恐ろしさがわかるだろう。「心を病む」ということのイメージを根底から変えてくれる一言だと思う。

自分の中にある価値観や先入観を揺さぶって、より深く考えるきっかけを与えてくれる言葉を「名言」と呼ぶのであれば、これはレジェンド級の「名言」だ。「世界遺産」ならぬ「言葉遺産」がもしあったとしたら、真っ先に推薦したい言葉だ。

ある人の「生きる気力」を削ぐ言葉が飛び交う社会は、誰にとっても「生きようとする意欲」が湧《わ》かない社会になる。ぼくは、そんな社会を次の世代には引き継ぎたくない。

参考：吉田おさみの言葉の出典は『〝狂気〟からの反撃——精神医療解体運動への視点』（新泉社、一九八一年）より。

第二話

励ますことを諦めない

人を励ます言葉って何だろう。そもそも、言葉で人を励ますことはできるのか。なんてことを考え出したのは、二〇一一年の東日本大震災がきっかけだった。

あの頃、テレビや新聞では連日、東北地方の深刻な状況が報じられていた。大津波の圧倒的な威力。人間のコントロールを超えて暴走した原子力発電所。身も心も傷つき疲れ果てた人たち。画面に写る被災地の様子は、文字通り筆舌に尽くし難いものだった。

言葉というものはなんて無力なんだろう。いや、言葉を仕事にしているにもかかわらず、こうした災害に対して何も言えないでいる自分は、なんて卑小《ひしょう》な存在なんだろう。そうした猛烈な無力感に囚《とら》われた。

それでも、せめて言葉について考えることは諦めたくなかった。だから、とにかくぼくは目を凝らし、耳を澄ませた。

こうした非常時には、どんな言葉が飛び交うのか。非常時という極限状況は、ぼくらの言葉にどんな影響を及ぼすのか。そうした問題を確かめておきたくて、日々、目に映る文字、耳に入る声を必死にかき集めていた。

そこでぼくが気になったのが、「励まし言葉」という問題だった。

震災直後、テレビのコメンテーターも、公共のＣＭも、いろいろと手探りで「励まし言葉」を模索していた気がする。

きっと、あの時、多くの人が「被災者の力になりたい」「励ましたい」と願ったことだろう。でも、「がんばれ」なんてありきたりな言葉は、被災者に対して失礼な気がする。励ましたいけど、傷つけたくない。そんな葛藤からだろうか、みんな慎重に、あるいは怖々と、言葉を選んでいたように思う。

あれからずっと、モヤモヤと考えて続けてわかったのは、どうやらぼくらが使う日本語には「純粋に人を励ます言葉」というものが存在しないらしい、ということだった。

「励まし言葉」という難問

『ヘヴン』という小説がある。川上未映子さんが書いた名長編で、中学生の壮絶な「いじめ」がテーマになっている。

この作品の中に、加害者と被害者が一対一で話し合う場面がある。いじめられている主人公が、ばったり出会った加害者グループの一人を捕まえて、勇気を振りしぼって話しかけるという場面だ。主人公は震える声で問いかける。どうして君たちは、ぼくに対して、こんなひどいことができるんだ、と。

ネタバレになるから詳しくは書かないけれど、結論から言うと、主人公は加害者の男子生徒にコテンパンに言い負かされる。その言い負かされ具合があまりにも圧倒的で、読んでいて悲しくなったり、腹が立ったり、とにかく感情がぶれにぶれて、正直、読むのがしんどい場面だ。

実は、ぼくは授業や講演の中で、ときどきこの小説を採り上げてワークショップを開く。そして参加者に短い作文を書いてもらう。テーマは「いじめられている子を励ます」というものだ。

すると多くの参加者は、「いじめられる側」に同情し、「いじめる側」を許せないと怒る。本当にメラメラと怒りの炎が見えるくらいにヒートアップする人もいる。

でも、提出された作文を読むと、だいたい六割から七割近くの人は、「いじめる側」の肩を持つ（この比率はぼくの経験値によるもの）。正確に言うと、理屈としては「いじめる側」が言っていることに近い文章を書いてくる。心情的には「いじめられる側」に同情していても、出来上がる文章は「いじめる側」に近くなるのだ。

どうしてこんなことが起きるのか。たぶん、「言葉がないこと」が関係している。

「人を励ます言葉」というと、どんなフレーズを思いつくだろうか。

ワークショップで出てくる不動のトップ3は「がんばれ」「負けるな」「大丈夫」。他にもいろいろ出るけど、この三つの地位が揺らぐことはない。

でも、よくよく考えると、「がんばれ」と「負けるな」は、人を叱りつける時にも使う。「叱咤激励《しったげきれい》」という四字熟語があるように、日本語では「叱咤」と「激励」はコインの表裏の関係にある。

一方、「大丈夫」というのも、最近では「no thank you」の意味で使われることが多い。「コーヒーもう一杯飲みますか?」「あ、大丈夫です~」といった感じだ。

ぼくらが「励まし表現」の代表格だと思っている言葉は、時と場合によっては、「人を叱る言葉」や「人と距離をとる言葉」に姿を変える。どうやら日本語には、「どんな文脈にあてはめても、『人を励ます』という意味だけを持つ言葉」というのは存在しないらしい。

ワークショップでも、「いじめられる側」に同情する主旨で書きはじめられた文章が、後半に進むにつれて「こんな奴に負けないでがんばれ」という論調になっていくパターンが多い。

これは裏返すと、「自分を強く持て」ということなんだけど、受け取り方によっては、「いじめられるのはあなたが弱いからいけない」というメッセージにもなる。

「弱いからいけない」——実はこれ、課題小説の中で「いじめる側」が言ってる理屈と、ほとんど同じなのだ。

いまから振り返ってみれば、東日本大震災というのは、普段ぼくらが使っている「励まし言葉」ではまったく対応できない事態だったのだろう。

ひたすら堪《た》え忍《しの》ぶ被災者に「がんばれ」は相応しくない（もう限界までがんばっていた）。「負けるな」というのも変だ（被災に「勝ち負け」は関係ない）。「大丈夫だよ」もおかしい（実際「大丈夫」ではなかった人たちがたくさんいた）。

そうこうしているうちに、どこからともなく「ひとりじゃない」というフレーズが出回るようになった。被災者を孤立させず、連帯しようという思いを込めた新しい「励まし言葉」だったと思う。

でも、これも使い方次第では「苦しいのはあなただけじゃない（だからガマンしましょう）」という意味になりえてしまう。

多くの人に向けられた言葉は、どうしても編み目が粗くなる。一口に「被災者」といっても、実際にそこにいるのはさまざまな事情を抱えた一人ひとりの人間だ。だから、ひとつの言葉が全員の心にぴったりと当てはまるなんてことがあるはずない。「その言葉は今の心情にそぐわない」という人がいれば、そのたびに言葉を探すことが必要だ。

もちろん、震災は言葉だけでなんとかなる問題じゃない。だからといって、言葉は二の次でいいわけでもない。

さっきのワークショップで気づいてほしいのは、「どんな場面でも人を励ませる便利な言葉なんてない」ということ。そんな「ドラえもんの秘密道具」みたいな言葉は存在しない。

でも、不思議なもので、ぼくたちは普段から「誰かの言葉に励まされる経験」をしている。やっぱり「言葉が人を励ます」ことは確かにあるのだ。

だから、「言葉は無力だ」と絶望することはない。言葉を信じて、「言葉探し」を続けたらいい。

ハンセン病療養所を生きた人

とは言ってみたものの、そもそも「言葉を信じる」というのは、一体どういうことなのか。こういうことは、実際に「言葉を信じた人たち」が遺した言葉から学ぶしかない。

昔の患者はある意味でみんな詩人だったんじゃないかな。自分じゃ気が付かないだけで。挫《くじ》けそうな心を励まし、仲間をいたわる言葉をもっていたからね。

この言葉を記したのは、ハンセン病回復者の山下道輔さん（一九二九〜二〇一四年）。長らく国立ハンセン病療養所で生活されていた方だ。

ハンセン病療養所には、過去にこの病気を患《わずら》い、治癒《ちゆ》した後もいろいろな理由で、ここ以外に生活の場所がない人たちが暮らしている。

「いろいろな理由」というのは、例えば病気の後遺症があって介助や医療的ケアを必要としたり、長期間の入所を強いられたため社会で生活する術がなかったり、地域社会から差別されて「帰ってくるな」と言われたりと、本当に「いろいろ」だ。

日本では長らく患者を隔離《かくり》する政策がとられ、多くの患者たちが療養所に収容された。「遺伝する」とか「伝染する」とか、誤解や偏見を持たれたこともあって、患者たちはとても差別された。有効な治療法が確立・普及した後も、差別は続いた。

壮絶な差別から身を守るために、身内に差別が及ばないように、療養所では偽名を使う患者も多かった。場合によっては、身内から本名を捨てさせられることもあった。

山下さんは一九四一年に一二歳で療養所に入所した。それから二〇一四年に亡くなるまで、実に七〇年以上も療養所で暮らし続けた。ハンセン病関連の資料を集めた「ハンセン病図書館」の主任を務めていて、「歴史を伝える」ことに人生をかけた人だった。

山下さんが入所した頃の療養所は、ひどいところだった。社会からの差別もあったし、横暴な医療者や職員もいた。現在なら「人権侵害」とされることもたくさんあった。「療養所」のはずなのに食事も医療も乏《とぼ》しくて、患者たちも農作業をしたり、土木作業に携わったり、重症者介助を手伝ったりして働かないと、施設自体が立ちゆかなかった。

そんな中でも、患者同士の友情があり、愛情があり、笑いと涙の人情劇があり、職員の目を盗んで何かを企《くわだ》てようとする攻防戦があった。もちろん、複雑でややこしい人間関係もあったし、ケンカやいさかいもあった。

陳腐な言い方だけれど、そこでは、ぼくたちと変わらない「等身大の人間たち」が生活していた。

一九四九年の冬。山下さんの友人が亡くなった。療養所の外の畑に芋《いも》を盗みに行って捕まり、袋叩きにされたのだ。盗みはよくない。でも、敗戦後の療養所は食糧事情が悪くて、みんなお腹を空かせていた。彼は自分が面倒をみている重症患者に食べさせるために、あえて芋を盗みに行ったのだ。

傷ついた彼が療養所に戻ってきて、どうなったか。許可なく外に出たことをとがめられ、監房に入れられた（当時のハンセン病療養所には監禁施設があった）。それが祟《たた》ったのだろう。彼はその時の傷がもとで死んでしまった。絵を描くのが好きな人だった。
昔の患者は私物をほとんど持てなかった。身元を隠している人も多い。遺族もわからなければ遺品もない。ということは、「その人が生きていたという事実」が遺らないということだ。そんなの悲しすぎる。だから、山下さんは友人のために追悼《ついとう》詩を詠んだ。

強い北風の吹く明方／／鍔《つば》のない戦闘帽を斜に被った友は、それまで糞尿《ふんにょう》をふんばりださんとしてたのに……／／泡を噴き、消え絶えた小さな懐炉《かいろ》を下腹の上で握りしめたまま、かつての日、己が描いた「冬の窓」の懸《か》かったがくに貌《かお》をそむけて逝《い》った……

「果てに……亡友瀬羅《せら》へ」『山櫻《やまざくら》』一九五〇年一月号

詩を詠《よ》んだって、死んだ友人は帰ってこない。

患者への差別が消えてなくなることもない。

それでも山下さんは、誠心誠意、この詩を詠んだ。

せめて言葉で遺しておけば、いつか、誰かが、彼のことを思い、彼のために祈ってくれるかもしれない。

「言葉を信じる」というのは、きっと、こういうことなんだろう。

自分の力ではどうにもならない事態に直面して、それでも誰かのために何かをしたくて、でもどうしたらいいかわからなくて、それでも何かしたくて……という思いが極まったとき、ふと生まれてくる言葉が「詩」になる。

山下さんが言う「詩人」というのは、きっと、そういう言葉の紡《つむ》ぎ手のことだ。

昔のハンセン病療養所には、そんな「詩人」たちがたくさんいたのだろう。過酷な差別を生き抜くために、お互いに支え合うための言葉が交わされていたんだと思う。

なにか酷《ひど》い出来事が起きたとき、「言葉は無力だ」と言われることがある。何を言っても「きれいごと」だと批判される。

あの震災の後も、「文学なんか役に立たない」と言われた。「つべこべ言わず、ボランティアするなり、支援物資送るなりして、身体を動かすべき」とも言われた。

ぼく自身、「言葉に関わる仕事」に引け目を感じた。

でも、山下さんの言葉は「どんなに困難な状況でも、言葉で人を励ますことを諦めなかった人たち」がいた事実を伝えている。大切な人を支えるためには、やっぱり言葉が必要になるのだ、ということを教えてくれている。

実を言うと、ぼくは大学院生時代の二年間、山下さんの図書館でボランティアをしていた。山下さんの「歴史を伝える」ことへの執念に触れて、学者になることを志した。だから、山下さんの言葉は、ぼくにとっては家宝みたいなものだ。

ちなみに、戦後の障害者運動は、ハンセン病患者たちが差別に立ち向かったことが原点（のひとつ）なんて言われている。

仲間のために言葉を諦めなかった人たちだからこそ、世間の差別に対しても、黙らずにいられたんじゃないか、と思う。

第一話で、ぼくは「この社会に『言えば言うほど息苦しくなる言葉』が増えてきた」と指摘した。

たくさん「ある言葉」というのは目立つから、すぐに気がつきやすい。対して、「ない言葉」は見つけにくい。そもそも「ない」のだから、気がつきにくいのは当たり前だ。

でも、そうした「ない」ものに想像力を働かせることも必要だ。「ない言葉」は、その都度、模索していくしかない。だから、「励まし言葉」を探し続けようと思う。そのことを地道に続けてみようと思う。

あの震災が予期せず不意にやってきたように、言葉で大切な人を支えなければならない場面は、誰にでも、不意にやってくるのだから。

参考：山下道輔さんの言葉は『ノーマライゼーション――障害者の福祉』二〇〇七年一〇月号、特集「障害を越えた芸術交流」に掲載されています。詩「果てに……亡友瀬羅へ」も、同誌に紹介されています。

第三話

「希待」という態度

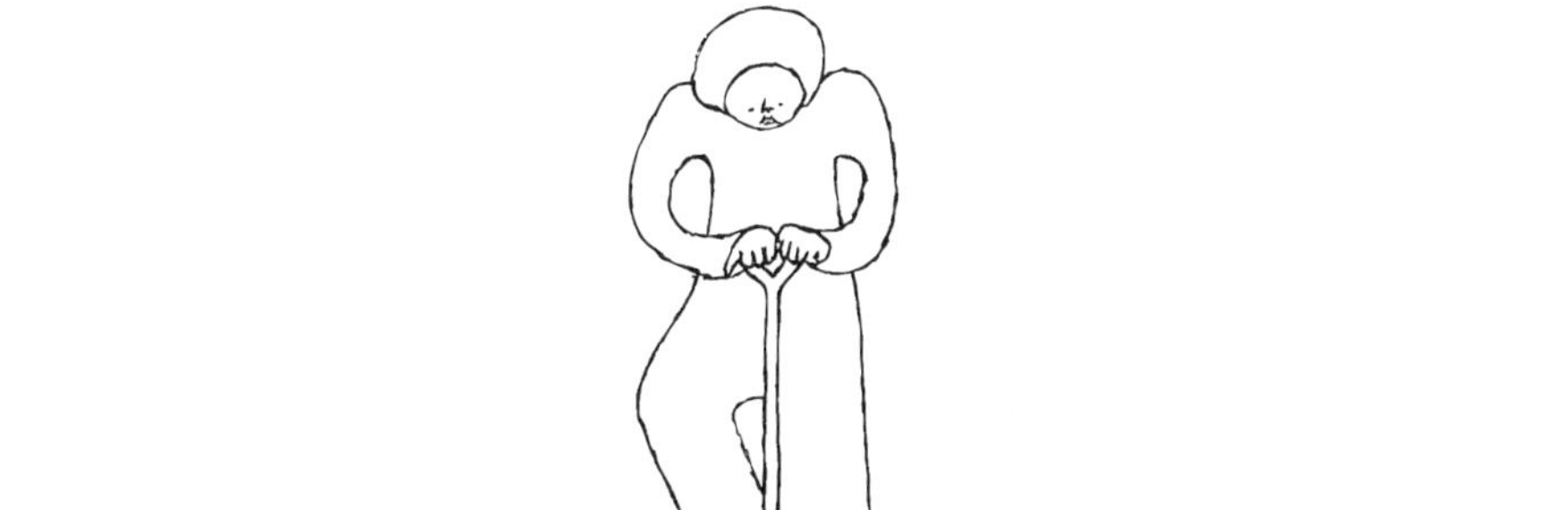

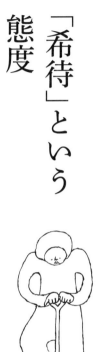

新学期
新生活

毎年、こういう言葉が街に溢れる季節になると、気が重くなってしまう。たぶん個人史的な事情が関係しているのだろう。

小学生の頃、ぼくは「学校に通いにくい子ども」だった。「不登校」（当時は「登校拒否」と言っていた）とまではいかなかったけど、なんとか学校を休めないかと画策するのが毎朝の習慣だった。

当時のぼくはチックの症状が激しかった。自分の身体の違和感をコントロールできないのも苦しかったけど、変な動きや呼吸を繰り返すのを白い目で見られたり、からかわれたりするのはもっとつらかった。

勉強も運動も苦手だった。小学生時代に完結したドリルは一冊もなかった。宿題も悶絶するほどやりたくなかったし、実際にやらなかった。夏休みの課題も、六年間を通じて一度も終わらせたことはなかった。

そんなもんだから、先生からは毎日のように居残り勉強を命じられていた。もちろん素直に応じるわけはなく、あの手この手で逃げ出してばかりいたけど。

いまから思えば、たぶん「勉強」や「学ぶこと」それ自体がイヤだったんじゃないと思う（なにせ三〇歳直前まで大学に居残っていたのだから）。むしろ「大人に何かをやらされる」のが苦痛だったんだろう。

正確に言うと、「子どもに何かをやらせるのに、きちんと説明してくれない大人」がイヤで、たまらなく嫌いだった。

学校というのは「大人が子どもに言うことを聞かせるところ」だと思っていた。そんな子どもが学校を好きになれるわけがない。学校の方もどうやらぼくのことが好きではないようだった。

「学期のはじまりはこの世の終わり」くらいに思っていた当時の感覚は、大人になったいまも抜けきらずに残っていて、毎年四月が近づくとチクチク心が刺されるような不安を覚える。

のび太のママに一言いいたい

小学生の頃のぼくには「心の逃げ場」がいくつかあって、そのおかげで決して大げさでなく「死なずにすんだ」と思っているのだけれど、特にマンガとアニメは大事な避難場所だった。

アニメでは『ドラえもん』が大好きで、金曜日（いまは土曜日）の放送前は、わざわざトイレを済ませてからテレビの前に座った。

ただ、この不朽《ふきゅう》の名作にも苦手なキャラがいた。のび太のママと学校の先生だ。どうしてこの二人が苦手なのか、当時のぼくにはわからなかったけど、たぶん、勉強も運動もできないのび太と自分を重ね合わせて、二人を無意識のうちに敵認定していたのだと思う。

大人になった現在、『ドラえもん』を見直してみても、やはり、この二人の言動には疑問が湧いてくる。

なぜ、玉子さん（のび太のママ＝野比玉子）は、まだ小学生の息子にあんなにお使いやら留守番やらを命じるのだろう。

なぜ、「勉強しなさい」「宿題やりなさい」と言うばかりで、わからないところを教えてあげようとしないのだろう。

なぜ、怒るか怒らないかの基準がのび太の個々の行動の是非にあるのではなく、その時の自分の気分にあるのだろう。

なぜ、自分のテンションで唐突にご馳走を作っておきながら、息子の反応がイマイチだと機嫌を損ねるのだろう。

学校の先生は先生で、どうしてのび太の0点の答案をクラスメイトに晒すのだろう。どうして、のび太が0点を取るたびにのび太のことを怒るのだろう。どうして、自分の教え方が悪いのかもしれないと立ち止まって考えないのだろう。どうして、授業の組み立てや教材の選定を再考しないのだろう。

——と、疑問を書き出すととまらない。

でも、きっと玉子さんは玉子さんで、野比家の中で多くのことを背負わされているにちがいない。父親の存在感が希薄な家庭の中で、ときどき玉子さんが奇声を上げながら家計簿を付けている様子が描写されたりすると、なんだか普通の家庭に潜む深刻な闇めいたものを感じてしまう。

先生は先生で、「権威」といったもので子どもにマウントをとらないと、「先生」としての立場を守れないと頑《かたく》なに信じているのだろう。あるいは、大人が子どもにマウントをとることを「教育」だと信じて疑っていないタイプなのかもしれない。だとしたら、彼は彼で悲しい人生を歩んでいる。

でも、少し考えてみてほしい。

のび太は、ある日とつぜん机から出てきた機械仕掛けの青い猫と、「孫の孫」だと自称する不思議な少年の言い分を、すんなりと理解して受け入れた柔らかな想像力の持ち主だ。

たぶん地球儀をはじめて理解した人も、こうした想像力を持っていたはずだ。

彼の感受性と想像力を見逃す大人にはなりたくない……と、かつて『ドラえもん』にはまっていた頃のぼくと同じ年頃になった息子と『ドラえもん』を見ながら、そう思ったりしている。

「期待」はなぜ重いのか？

いきなり熱く語ってしまったけど、もうちょっとだけ、子ども時代のぼくの違和感について語らせてほしい。

小学生時代のぼくの通知表には、だいたい「次の学期はがんばりましょう。期待しています」と書かれていた。先生もきっと、書くことがなくて困っていたんだろう。

でも、あの頃のぼくには、このコメントがつらかった。「毎日がんばって学校に行っているのに、まだがんばらなきゃいけないの？　そんな『期待』ならいらないのに」と思っていたのだ。

「期待」というのは、必ずしも純粋な思いを託した言葉ではない。例えばオリンピック選手に「期待してます！」と言ったとすると、「一人のアスリートとして、あなた自身のためにプレーしてほしい」という意味にはならない。どちらかというと、「メダルをとって、応援している人たち（私たち）を感動させてほしい」というメッセージになる。

つまり、「期待」には多かれ少なかれ見返りを求める気持ちが混じるし、「誰かのため」「何かのため」という力の方向性みたいなものが入ってくる。

もちろん、「誰かのため」「何かのため」というのは、人を動かすエネルギー源になるものなので、それ自体はとても大切だと思う。でも、大切なものだからこそ、一方的に押しつけられるとしんどくなってしまう。

自分は、何を、何のために、がんばるのか。

自分は、何を、誰のために、しなければならないのか。

子どもには、こういうことに悩む時間があってもいいじゃないか。いや、人生のいつのステージでも、これに関しては自分なりに悩んでいいはずだ。何歳になろうと、こうしたことは、自分なりにゆっくり考えさせてほしい。

「期待」は悪いことじゃない。でも、場合によっては重い。

相手の重荷にならず、でも心の糧《かて》にしてもらえるような言葉があると良いのだけれど、そもそも、そんな言葉があるのだろうか。

実は、過去にそうした言葉を探し求めた人がいた。

「丘の上病院」の挑戦

〈希《き》待《たい》〉——という不思議な言葉を教えてもらったことがある。もちろん、辞書には載っていない造語。誰が造ったのかというと、とあるユニークな病院の元職員さんだ。

一九六九年から一九九五年まで、東京都八王子市に「丘の上病院」という病院があった。ぼくが知る限り、日本ではじめて「完全開放制」に取り組んだ、先進的な精神科病院だった。

精神科の病院が「開放」されているのが、なぜすごいのか？　事情がわからない人も多いと思うので、少し解説しておこう。

日本の精神科医療は、先進諸国に比べて「病床数の多さ」「入院期間の長さ」「病棟の閉鎖性」が問題視されてきた。これには歴史的な背景がある。

精神科の病床数が増えたのは、主に一九五〇〜六〇年代のこと。外科や内科などに比べて病院設置基準が甘く設定されたこともあって、この時期、私立の精神科病院の開設が相次いだ。

当時の医療制度も、たくさん患者を入院させることで利益が上がる仕組みになっていたから、医療よりも営利を、治療よりも管理（隔離）を優先する病院が出てきて、大きな社会問題になった。一九六〇年には、当時の日本医師会会長が「精神病院は牧畜業」と発言して話題になっている。[1]

一九七〇年、朝日新聞の記者がアルコール依存症を装って某病院に潜入し、迫真のルポを書いている（大熊一夫『ルポ・精神病棟』）。このルポでは、患者たちが鍵と檻《おり》だらけの病棟に押し込まれ、横柄な医療者たちにおびえながら、じわじわと生きる気力を奪われていく様子が描かれている。こんな病院に押し込められたら、それが原因で心を病んでしまいそうだ。

第一話で紹介した吉田おさみは、こうした「患者不在」の精神科医療を鋭く告発した人だった。精神病者への差別や偏見は、社会の中だけでなく医療の中にもある。患者たちの中から、そうした声が上がりはじめたのが一九七〇年前後だった。

この頃、一部の医療者たちも精神科医療の改革に向けて立ち上がった。そこでテーマのひとつになったのが、病院の「開放化」だった（精神科医療の「地域移行」がテーマになるに

1　武見太郎の発言とされている。大熊一夫『精神病院を捨てたイタリア 捨てない日本』（岩波書店、二〇〇九年、二四九頁）に詳しい。

はまだまだ時間がかかる)。

鍵と檻だらけの病院からいかに脱していくのかが議論になっていたのだけど、当時の資料を見返してみると、「病棟の窓をちょっとだけ開けられるようにしてみました」といった実践報告が大真面目になされていたりする。それくらい、精神科病院の「開放化」というのは多難な道程だった。「丘の上病院」が生まれた背景にも、こうした精神科医療改革の機運が存在した。

「丘の上病院」は、とにかく画期的だった。画期的な挑戦をするために生まれた病院と言っても過言ではなかった。

ここには鍵も檻もなかった。「入院のしおり」には「男女交際は自由です」とさえ書いてあった。当時流行した「ドッキリ」系のテレビ番組の撮影に病室を貸し出したり、病院の在り方をめぐって患者が医者と団体交渉することもあった。これらはいずれも、当時の精神科では考えられないことだった。

レクリエーションを本格的に治療プログラムに取り入れた点でも先駆的だった。絵画や造形、影絵、スポーツ、演劇なども盛んに行なわれていた。病院に勤めていた方から、一九八〇年頃の文化祭の写真を見せてもらったことがあるけど、院内で派手なダンスパーティーが開かれていた。患者たちは、こうしたおおらかな場で病み疲れた心をほぐしていったのだろう。

こんなふうに書くと、まるでこの病院が理想郷のように見えるかもしれない。でも、完全開放制だからこそのトラブルも毎日のように起きていた。

入院している人を管理したり、マニュアル化された対処をしたりするのではなく、きちんと向き合って信頼関係を結ぶために、職員たちに求められた努力は並大抵のものではなかったようだ。人員を手厚く配置するために、入院費も高かった。

でも、その凄《すさ》まじい努力は、入院者にも届いていたと思う。ぼくは、この病院の元入院者と元職員が、まるで高校か大学の同窓生のように話している場に居合わせたことがある。これは、本当に珍しいことだ。

見返りを求めないということ

そんな「丘の上病院」のメンタリティを、一人の元職員さんが〈希待〉という言葉で表現している。

丘の上病院の26年間の挑戦は、一見、人間の善性や自己治癒力、そして内在する可能性への無条件な希待にもとづく、極めてロマンティックな取り組みであったかのように言われることがある。（傍点は原文）

〈希待〉とは、〈人間の善性や自己治癒力〉を信じ、その〈可能性〉を〈無条件〉に信頼しようという姿勢のこと。ぼくはこの言葉を、見返りを求めず相手のことを信じてみようという態度のことだと解釈した。

こうした言葉は、受け取り方によってはキレイゴトのように思われるかもしれない。でも、心の問題に関わる人には、心という不可視なものへの敬意を含んだ想像力がなければならない。

うまく表現するのがむずかしいけど、臨床の現場では、「その人が『生きて在ること』への畏敬《いけい》の念」みたいなものが必要なときがあって、それがないと回復への歯車自体が動き出さないことがある。

もし、こうした考えが〈ロマンティック〉だというなら、人間にはロマンが必要なのだろう。「丘の上病院」は、腹をくくって、本気でそれを信じた病院だったのだと思う。

——と、ちょっと〈希待〉という言葉を浪漫《ろうまん》主義的に捉えすぎたけれど、実はこの言葉、裏返すと、ものすごく現実主義的な一面を持っている。

これはぼくの推測だけど、この言葉を造った職員さんは、きっとご自身の立場に敏感で慎重な方だったはずだ。人と人がきちんと向き合うことは大切だ。でも、人にはそれぞれ立場がある。立場というものは、個々人の人柄や個性とは関わりなく、不均衡な力関係を生んでしまう。

仮に「精神科病院の職員」（特に医療職）が、「精神科病院の患者」に対して「期待」したとする。

これは、どういう意味になるだろう？

「期待する側」は、純粋に「病気の状態が良くなってほしい」と思っていたとしても、「期待される側」からすれば、どうしても「扱いやすい患者でいてほしい（でないと病気も良くなりませんよ）」というメッセージがチラついてしまう。

精神科医療の目的は、決して「良い患者」を作り出すことじゃない。そうしたことを「丘の上病院」の職員さんたちは知っていたのだろう。だから「期待」ではなく、あえて〈希待〉という不思議な言葉を生み出したんだと思う。

現実的な問題をとことん考えに考え抜くと、最後は浪漫的とも受け取れる考え方へとたどり着くのかもしれない。

学校に馴染めなかった頃のぼくが、〈希待〉という言葉を知ったら、どう感じただろう？

たぶん、ちょっと楽になったんじゃないかな、と思う。

〈希待〉とは、いま悩んでいる人の、その悩みを取り去る鎮痛剤みたいな言葉じゃない。むしろ、いま悩んでいる人のことを尊重して、「いまは悩んでいていいよ」と寄り添うような言葉だ。

ぼく自身も経験しているから、よくわかる。悩みって、強引に解決を目指しても解決しない。むしろ、悩んでいること自体を認めてもらえるだけで、楽になれることも多い。

ただただ信じて寄り添う言葉が存在するということを、多くの人に知ってほしいと思う。

参考：今回紹介した言葉は、平川病院〈造形教室〉編『追憶〜丘の上病院〜』（二〇一一年）に掲載されている、根元功さんの「丘の上病院という存在」から引用しました。

第四話

「負の感情」の処理費用

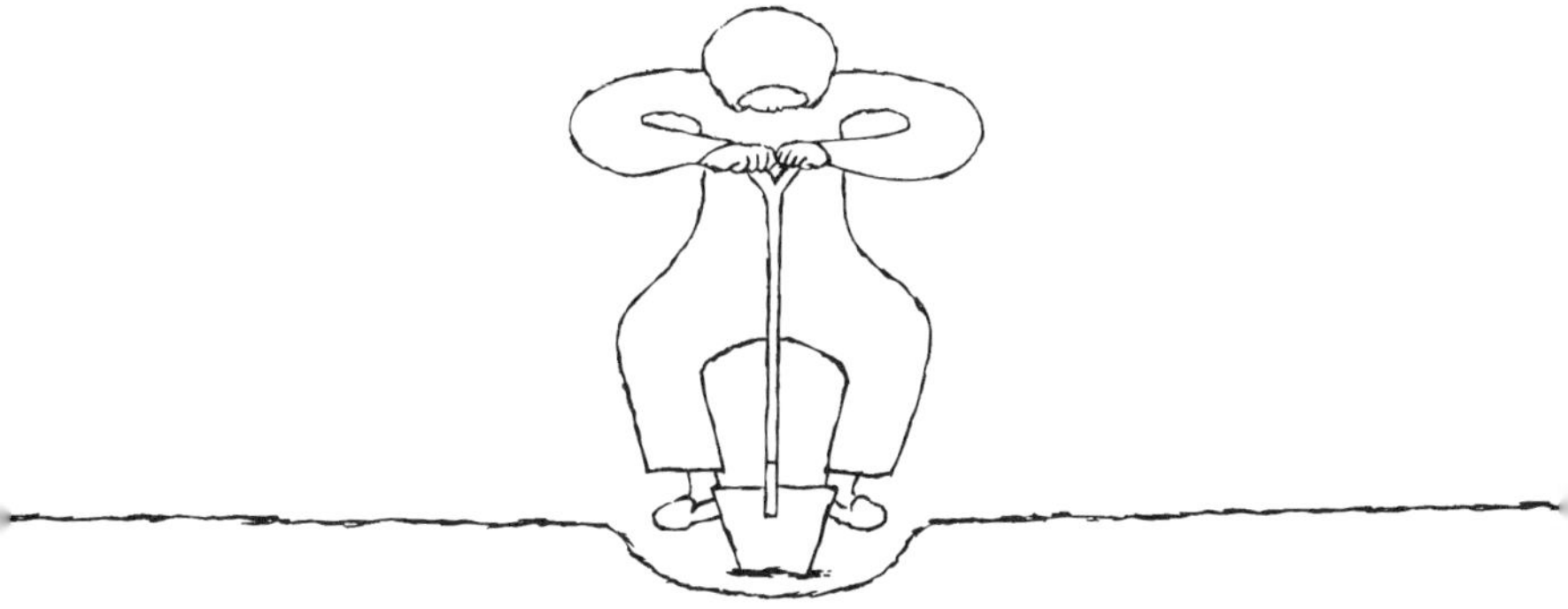

「保活」が、しんどかった。

「保活」というのは「子どもを保育園に入れるための活動」のこと。近年、待機児童問題が大きな関心を呼んでいるから、この言葉を耳にしたことのある人も少なくないだろう。

この「保活」がとにかく大変なんだけど、その大変さを説明しようとすると、たぶん『カラマーゾフの兄弟』くらいのページ数が必要になる。

でも、「保活」の本当の大変さは、「それくらい言葉を尽くして説明しても、わかってもらえない人にはまったくわかってもらえない」ところにあったりする。

それでも書くのがぼくの仕事だから、涙を呑《の》んでひとつだけ書いておこう（以下に記すのは、ぼくら夫婦が「保活」をした二〇一一〜二〇一三年頃の事情に基づきます）。


息子が生まれた頃、ぼくら夫婦は全国有数の「保活」激戦区にすんでいた。そして「保活中」、何度も何度も心が折れそうになった。いろいろとしんどいことはあったけど、中でも特につらかったのは「分断されること」だったように思う。

ふだん、保育園や保育行政には縁がないという方のために、少しだけ説明しておこう。

認可保育園への入園というのは、基本的にポイント制になっている。「保護者が保育を必要とする度合い」みたいなものが点数化され、高い人から入園できるシステムになっているのだ。

そして、この申請書類が「心折ろうとしてる?」というくらいややこしい。基本的に「勤め人(正規の会社員)」を念頭にフォーマットができているから、フリーランスで働く人は非常に書き方がむずかしい。

当時、ぼくは奨学金をもらって生活&研究をしていたから、まさしくフリーランスという立場だった。必要な書類を整えるだけでも、役所や奨学金支給団体に何度も確認の電話をしたり、窓口まで足を運んだりしなければならなかった。

それらの労力は、合計するとたぶん「論文一本分くらい」になったと思う。それだけの苦労をして学んだものは何かといえば、「行政はフリーランスに冷たい」という厳然たる事実だった。

そうこうして必死に整えた書類が、こちらの汗や涙など微塵《みじん》も介する余地のない役所の計算式に当てはめられてポイント化される。このポイントが低く算出されると保育園に入れない、仕事ができない、生活できない、ということになってしまう。

だから決して誇張ではなく、この書類作成は死活問題。ポイントのことで頭が一杯になる。保育園の見学や説明会で他の親子と知り合っても、「この人たちは何ポイントくらいだろう?」という嫌な雑念ばかりが頭に浮かぶ。本当なら、同じ歳の子がいるという点で自然につながれるはずなのに、漠然と競わされている感じがつきまとう。

そんな「保活」の末、晴れて保育園に入れる人と、残念ながら入れない人とが振り分けられる。うちも落選を経験した一年後、ようやく認可保育園に入ることができた。

決定通知を受け取った時、ぼくは子どもを預けられる＝仕事を続けられる安堵感と、「保活」を終えられたという解放感がこみ上げて、妙なテンションでガッツポーズをした。

で、その夜、ひどく落ち込んだ。

子どもの親を、こんなに疲弊《ひへい》させる保育行政って何なんだろう……。

ただ、子育てしながら働きたい（働きながら子育てしたい）というだけなのに……。

いや、そもそも、ぼくらはそうしないと暮らしていけないのに……。

本来なら、ぼくはこうした憤《いきど》りを示さなければならないはずなのに、それを頭でわかっていながら「喉元《のどもと》過ぎれば」的な気分に浮かれた自分が情けなかった。

こうした気持ちが「困っている親たち」をますます分断してしまうのに……。

「ダイバーシティ」ってなんだ？

言うまでもないことだけど、子育ての困難さにはジェンダー差がある。いまは共働きで育児を分担するカップルも多いけど、それでもやっぱり違いがある。

例えば、ぼくはときどき、いろいろな場所で「仕事と育児の両立が大変だ」という話をする。実際そう感じているから話すのだけど、こうして顔と名前を明かして話せる立場にはある。

これと同じことを「母親」という立場の人がしたらどうなるか。きっと、ぼくよりも冷たい目で見られてしまうと思う。

男性が「仕事と育児の両立が大変だ」という愚痴をこぼしても、「じゃあ仕事やめれば?」という言葉が返ってくることはほとんどない（もちろん、職場の理解や雰囲気なんかにもよるのだろうけど）。実際、ぼくもそういう言葉を面と向かって返されたことはない。返ってくるのはたいてい「奥さん何してるの?」というフレーズだ。

でも、女性がこうした愚痴をこぼそうものなら、

「仕事やめれば?」

「そんなに働く必要あるの?」

「仕事仕事って、子どもがかわいそうじゃない?」

「あなたが働くのは、生活のため? 自己実現のため?」

「産むのも働くのも、自分で望んだことでしょう?」

といった言葉が返ってくる。こうした言葉は、言う側は何気なく放ったとしても、実はけっこう殺傷力が高い。

人が働くのには、それぞれ事情がある。働きたい人もいれば、働かざるをえない人もいるし、そのどちらでもある人もいる。もちろん、子どもに関しても、産む・産まない・産めない・いまは産めないなどなど、それぞれに事情がある。

いろんな事情が絡み合ってるから、「仕事と育児のどっちが大事？」なんて、きっぱり決められない。世の中には天秤《てんびん》にかけられないものがあるから、多くの人が「割り切れない事情」を「割り切れないな……」と悩みながら、今日という日をやりくりしてる。

最近、「ダイバーシティ社会」というフレーズをよく目にする。「多様性を尊重する社会」というほどの意味だけれど、そもそも「多様性の尊重」とは何なのだろう。

ぼくなりに表現すると、「それぞれの事情を安易に侵《おか》さず、それぞれの事情を推し量ること」ということになるだろうか。

いま、行政が先頭に立って、そうした社会を目指しましょうと音頭《おんど》を取っているくせに、一方で女性には「仕事と育児、どっちとるの？（母親としての自覚があるなら育児だろうけど）」といったプレッシャーがかけられる。

「女性の社会参加が進んできた」とか言われるけど、女性が「母親らしさ」みたいなものを試されたり、仕事か育児かの二者択一で引き裂かれるような場面は、まだまだ、ものすごく多い。

保活中、とても悩んでいる女性に会った。ぼくと同世代で、もうすぐ育休が終わるのに、保育園の目処が立っていないということだった。

その人は産休を取るタイミングにものすごく気を遣っていた。育休の延長なんて職場に厄介《やっかい》がられるのは目に見えているからだ。

自分が働かないでもやっていける家計の余裕はないから、仕事をやめるという選択肢はない。入園倍率の低そうな遠方の保育園は、これから猛烈に増すだろう「生活負荷」みたいなものを考えると現実的じゃない。

ベビーシッターという選択肢もないわけじゃないけれど、かかる費用は自分の月給くらい。困り果てて役所に行っても、担当者も困った顔をするばかり。育休明けは目の前。どうする……どうしたらいい……。

ぼくは、その人のこぼした言葉が忘れられない。

「私が子ども産んだのって迷惑だったんですかね。そんなに悪いことしたんですかね」

この言葉を聞いたとき、半端なく整理のつかない感情（怒りとかやりきれなさとか）がこみ上げたけれど、ご本人はぼく以上のものを抱えていらっしゃったはずだ。

こうした感情は、誰にぶつければいいのだろう。ぶつけるべき相手が多すぎるようにも思うし、大きすぎるようにも思う。

宛先を特定できない負の感情は、結局、個々人の中で処理せざるをえなくなる。その処理費用として、多額の自尊心が支払われていく。「社会と闘う」「社会に抗う」ことのむずかしさは、こういったところにある。

そして「社会の問題」であるべきはずのものを、自尊心を対価にして「個人の問題」に変換させられるのは、たいてい立場の弱い人たちだ。「子育て」や「介護」といった「家庭」の領域に関することで、この社会は、どれだけ女性の自尊心を削り出しているのだろう。

そもそも、こんな社会、自尊心を削ってまで支えてやるだけの価値があるのだろうか？

社会とやらは、そんな立派なものなのだろうか？　そう開き直って、声を上げた人たちがいる。

「女性の痛み」に言葉を与えた人

いくらこの世が惨《みじ》めであっても、だからといってこのあたしが惨めであって
いいハズないと思うの。

この言葉の主は田中美津さん。ぼくが尊敬する運動家の一人だ。

一九六〇～七〇年代、世界的に women's liberation movement と呼ばれる社会運動が盛り上がった。〈性差別撤廃や女性の抑圧からの解放を求める女性運動〉（『岩波女性学事典』）のことで、日本では和製英語で「ウーマン・リブ」（以下、リブと表記）と呼ばれることが多い。

田中さんは、日本のリブで大きな存在感を放った人。この人がいたから、日本のリブは無味乾燥な社会運動にならず、魅力的な運動になったとさえ言われている。

田中さんの著書『いのちの女たちへ――とり乱しウーマン・リブ論』（田畑書店、一九七二年）は、いまも古びない名著だ。まさに豊穣《ほうじょう》という形容が相応しい本で、何を書いても

書き落としがでるけど、それを承知で紹介してみよう。

リブが産声を上げた七〇年代は、男性の価値観が、そのまま社会の秩序だったような時代だ。『いのちの女たちへ』には、「社会＝男」の中で、女性たちが切り離され、分断されていくことへの痛みが綴《つづ》られている。

女性の幸せは、良い男性に選ばれること。晴れて男性から認められた女性は光り輝き、認められなかった女性は陰へと追いやられる。前者は後者を憐《あわ》れみ、後者は前者を妬《ねた》んで、女性たちの間に深い亀裂が入る。

でも、男性から価値を与えられなければ、女性が輝けないなんておかしい。男性に認められて価値付けられた女性も、それは本当の意味で自分の人生を生きていると言えるのか。男性から認められずに日陰へと追いやられることも、男性から認められることでしか社会に居場所を与えられないことも、女性の苦しみという点では同じじゃないか。

男性の価値観で切り刻まれ、分断された苦しい女性たちと出会いたい。「女性はかくあるべし」という価値観を壊したいし、そんな価値観から自分自身も解放されたい。

いま痛い思いをしている女性に向けて、「この指止まれ！」と叫んだのが田中さんだった。

当時は、「女性の価値は男性から与えられる」のが当たり前とされた。それが「痛い」というのなら、「痛いと感じる方がおかしい」とされた。リブという運動自体、「モテない女のヒステリー」なんて揶揄《やゆ》された。

田中さんは、そんな時代に「ここに女性の痛みがあるのだ！」と宣言した。『いのちの女たちへ』には、多くの人が感じているけど誰も言い表せていない痛みが切実な文体で綴られている。


さっき引用した言葉は、田中美津という一個人の経験から生まれたものだ。だから、文中の〈このわたし〉も、もちろん田中美津さんのことだ。

でも、我が身の痛みを突き詰めたところから湧《わ》き出たフレーズは、時代を超えて、場所を越えて、誰かの痛みに寄り添うことがある。

いま切実に痛い思いを嚙みしめている人であれば、〈このわたし〉に自分を当てはめられる。田中さんの言葉は「いま痛い人」へと沁みていく不思議な浸透力がある。

もし、この社会で女性が惨めさを嚙みしめているとしたら、それは社会そのものが惨めなのだ。そんな惨めさに苦しんだ人は、自分を惨めにさせる社会とは何かを問い返していい。

痛い思いをしている人を、切り分け、追い込み、黙らせる社会は、誰にとっても「生きにくい」に決まってる。そんな社会が「生きやすい」人がいたとしたら、そんな「生きやすさ」を感じられることの方が惨めだろう。

リブという運動は、喩《たと》えるなら、「すり減った自尊心を抱きしめて、もうこれ以上『わたし』を失いたくないと叫ぶこと」かもしれない。

自分の叫びが誰かの怒りになったり、誰かの叫びが自分の怒りになったりしたら、それはもう「リブ的なもの」が芽生えているように思う。二〇一〇年代後半に盛り上がった「#MeToo」運動を見ていて、ぼくはヒシヒシと「リブ的なもの」を感じた。

「叫び」というのは不思議だ。実際に声を出すのは一人ひとり。でも、人は独りじゃ叫べない。一人がやるけど、独りじゃできない。そうした「叫び」が、世の中を変えていくのだろう。


ところで、こうした話をすると、「なんでもかんでも『世の中が悪い』って責任転嫁する人、困りますよね」といった反応が返ってくることがある。

こういう反応をする人に、ぼくは躍起《やっき》になって反論するつもりはない。「こうした反応も出てくるだろうな」くらいに思っている。

ただ、ぼくが言いたいのは、こういうことだ。

田中美津さんの言葉と、「なんでもかんでも責任転嫁」という言葉と、ふたつを並べてみた時、自分が生きていくためにはどちらの言葉が必要だろう。

もう少し踏み込んで言おう。

もしも自分が苦しい思いを強いられた時、「自分で自分を殺さないための言葉」はどちらだろう。

参考：『いのちの女たちへ——とり乱しウーマン・リブ論』は、新装版が株式会社パンドラから発行されています（販売は現代書館より）。今回紹介した言葉は、以下の資料集からの引用です。『リブニュース　この道ひとすじ』No.2、一九七三年七月一〇日（リブ新宿センター資料保存会編『リブ新宿センター資料集成』インパクト出版会、二〇〇八年）。

第五話

「地域」で生きたいわけじゃない

「地域の絆を見直す」
「地域の活力を取り戻す」
「学校で地域の歴史を学ぶ」
「防犯で大切なのは地域の目」

「地域」という言葉に、ほとんど毎日と言ってもいいくらい出会っている気がする。特に遭遇確率が高いのは、役所や学校（つまり行政の領域）に関わる書類だろう。もし仮に「行政書類 頻出単語ランキング」みたいなものがあったとしたら、間違いなくトップ3に入ると思う。

でも、この言葉、あまりにも頻繁に使われ過ぎて、最近では意味の輪郭《りんかく》がぼやけてきた。お役所の書類に好んで使われるということは、裏を返すと「都合の良い言葉」でもあるわけで、そういったものには何かしらのカラクリがあることが多い。

手元の辞書で「地域」を引くと、〈区画された土地の区域。一定の範囲の土地〉（『大辞泉』）と出てくる。〈一定の範囲の土地〉といっても、ぼくらは誰も住んでいない土地のことを、わざわざ「地域」とは呼ばない。ある程度の人が生活していて、お店があったり、学校があったり、公園で子どもが遊んでいたり、バスが走っていたりする土地のことを「地域」と呼んでいる。

冷静に考えれば、「地域という名前の地域」は存在しない。この言葉で呼ばれている〈一定の範囲の土地〉も、具体的などこかの住宅地であったり、商店街であったりするはず。でも、「地域」と言うと、なんだか「地域という名前の地域」が世界のどこかに存在しているかのように思えてしまう。

かく言うぼくも、この言葉の意味を深く考えることはなかったし、特に違和感もなく使っていた。でも、それではいけないことを教えてくれた人がいる。

脳性マヒ者の横田弘さん（一九三三～二〇一三年）だ。

伝説の運動家

横田さんは「日本脳性マヒ者協会 青い芝の会 神奈川県連合会」（以下「青い芝の会」と表記）という団体に所属した障害者運動家だ。この会の精神的支柱みたいな人で、レジェンド級の運動家だった。

「青い芝の会」は、脳性マヒという障害を持った人たちの当事者団体で、一九五七年に結成された。当時、多くの障害者たちは家庭の奥に押し込められるようにして暮らしていた。障害者がいること自体「家の恥」とされることも多かったから、近所づきあいはおろか、身内の冠婚葬祭にさえ出してもらえないなんてことも珍しくなかった。

社会から白い目で見られ、時には家族からも持て余され、気が置けない友だちを得ることもできず、孤独に生きざるをえない障害者たち。そうした人たちが、同じ境遇の仲間とのつながりを求め、互いに励まし合うべく結成したのが「青い芝の会」だった。

「青い芝」という会名には、踏まれても踏まれても芝のように力強く生きていこう、という願いが込められている。

結成当初の「青い芝の会」は親睦《しんぼく》や互助を目的としていて、活動内容もレクリエーションなどが中心だった。つまり、穏健な団体だったわけだけれど、その後、日本の障害者運動を変えた団体と言われるまでに変貌する。

彼らが一躍有名になったのは一九七〇年代のことだった。特に横田弘さんが所属した「神奈川県連合会」が登場して、それまでの活動とは明らかに性質の違う運動をはじめた。世間の障害者差別や、障害者を差別する価値観に対して、真っ正面から抗議・糾弾《きゅうだん》の声を上げたのだ。

「青い芝の会」以前にも障害者運動は存在したけれど、それらの運動は、世間に向けて

「恵まれない障害者の苦労をわかってください」とお願いする陳情《ちんじょう》が多かったし、そうした活動を担うのも、障害者本人というよりは、障害者の親や医療・福祉・教育の専門家たちが中心だった。

でも「青い芝の会」は違った。簡単に言うと、障害者の苦労をわかってもらうのではなく、世間の障害者差別と闘ったのだ。

障害者本人たちが街に出てはビラを配り、マイクを握って演説した。車椅子で役所に押しかけては責任者を引き出して交渉の場を持たせた。障害児を排除した学校や、障害者を差別した企業・役所に対しては、座り込みといった実力行使にでることさえあった。

そんな彼らには、伝説みたいに語り継がれる抗議行動がある。車椅子利用者の乗車を拒否したバス会社に抗議して、多数の障害者でバスに乗り込んで運行をストップさせたり（川崎バス闘争）、養護学校は障害児を地元の学校から閉め出すことにつながると批判して文部省と交渉したり（養護学校義務化阻止闘争）、といった行動がそうだ。

最近、旧優生保護法（一九四八〜一九九六年）のもとで行なわれていた障害者への強制的な不妊《ふにん》手術が話題になっているけれど、[1] 実はこの問題、ずっと前から実態の解明と被害者への謝罪・補償が求められていた。

この法律の問題を早い時期から訴えていたのも「青い芝の会」だった。第一条にある「優生上の見地から不良な子孫の出生を防止する」という文言に対し、「『不良な子孫』とは誰のことだ！」「この法律自体が障害者差別だ！」と訴えたのだ。

「青い芝の会」の主張は、ものすごく画期的だった。画期的すぎて、多くの人から「過激な人たち」と受け止められた。

例えば、「障害者は親元で暮らすか、専門家がいる施設に入るのが幸せだ」という意見に対しては「街中で普通に生きさせろ！」と反対したし、「少しでも障害を軽くした方が良い」という価値観に対しては「『できないまま』じゃいけないのか！」と反論した。

そんな彼らの主張には、それまでの「障害者イメージ」を根っこからひっくり返してしまうパワーがあったし、主張を受け止める人の頭が真っ白になるようなパンチ力があった。

だからだろうか、「青い芝の会」は障害者団体の中でも評価が分かれた。明快な主張に共鳴して解放感をおぼえた人もいたけど、「やりすぎだ」と批判する人も少なくなかった。

福祉や教育の専門家にも、この会を倦厭《けんえん》する人は多かった。養護学校の先生の中には、卒業する生徒たちに向けて「社会でどんなにつらい目にあっても、『青い芝の会』だけには近づいちゃいけない」なんて言う人もいたようだ。

「隣近所」で生きたい

福祉業界では「施設から地域へ」というスローガンが叫ばれて久しい。障害者が生きる場所は、以前は郊外の大規模施設や実家（親元）が多かったけど、最近ではグループホームや訪問介護などを利用しての地域移行が進んでいる。

「障害者も『地域』で暮らす」という考え方をさかのぼってみても、実は「青い芝の会」にたどりつく。彼らは実家や施設を飛び出して、周囲の反対や世間の白い目にめげず、自力で介助ボランティアを集めては、街中のアパートで暮らしはじめたのだ。

横田弘さんも、実家を出て結婚し、子どもを育てながら、地元の横浜で生活していた。そんな横田さんは、ご自身の対談集の中で次のように記している。

我が家と隣近所、今の福祉用語で言えば「地域」（わたし、この言葉キライなんです。空々

1　旧優生保護法は、一九九六年に「母体保護法」に改定された。旧法では法の目的に〈優生上の見地から不良な子孫の出生を防止する（後略）〉と掲げられていて、この規定が障害者差別に当たると長らく批判されていた。実際、この法律の規定に基づき、多くの障害者たちが不妊手術を受けさせられた。二〇一八年から二〇一九年にかけて、こうした手術の被害者たちが実態解明と謝罪・補償を求め、国を相手取って訴訟を起こした。

しくて）の人たちとの付き合い、母親が職人のおカミさんで世話好きでしたから人の出入りもけっこう多かったことは確かです。

『否定されるいのちからの問い――脳性マヒ者として生きて』現代書館、二〇〇四年

この文章を読んで、ぼくは生前の横田さんに「『地域』って言葉、そんなにダメですか？」と聞いたみたことがある。そこで返ってきたのが次の一言だった。

「地域」じゃない。「隣近所」だ。

当時、「地域」という言葉を疑ったこともなかったぼくは、この言葉にガツンと頭を叩かれたような思いがした。

「青い芝の会」の運動家たちが街へと飛び出した七〇年代は、車椅子を見かけること自体が珍しい時代だった。もちろん、街中で暮らそうとする障害者への風当たりも、いまよりずっと強かった。

当時にくらべたら、障害者の地域生活は進んできたと思う。「障害者も地域で暮らす」というスローガンに対する反対意見も、(直接的には) あまり聞かない。

では、世の中全体が障害者の地域生活を自然に受け止めているかと言うと、残念ながらそうとは言えない。仮に「地域」という言葉を「隣近所」に置き換えてみてほしい。

『地域生活』には賛成だけど、でも、うちの『隣近所』はちょっと……」という反応は、やっぱり出てくると思う。

「地域」という言葉は、使い方次第では結構あやうい。例えば、「この施設は夏祭りとクリスマスに地元住民と交流しているので、地域との共生に取り組んでいる」という言い方もできなくはない。でも、夏祭りとクリスマスにしか交流がなかったら、それは「住み分け」だ。

あるいは、グループホームが街中にあれば「地域生活」になるかといえば、そうとも限らない。入居者への管理が厳しくて自由に外出できなかったり、福祉関係者以外の人と付き合う機会がなかったりすれば、それはやっぱり「地域生活」じゃない。

横田さんたちは、半世紀近く前から「地域で生きさせろ」と訴えてきた。横田さんたちが言ったり書いたりしてきた「地域」は、はっきりと「隣近所」という意味だった。障害者も、あなたの「隣近所」に住みたいのだ。あなたの「隣近所」で、あなたが生活するみたいに暮らしたいのだと訴えてきた。

「隣近所」という言葉には、生々しい生活実感がある。「地域」には、その生々しさがない。ほどよく生々しくないから行政文書でも使いやすいのだろう。でも、横田さんたちが求めてきたのは「書類に書きやすい地域」なんかじゃなかった。

横田さんの目には、この言葉のハードルがずいぶんと下がってきているように見えたのかも知れない。でも、このハードルを下げてしまうと、「地域」という言葉が、「実際には住み分けているけど、あたかも共生しているかのような印象を与えるマジックワード」になりかねない。

横田さんが言った「空々しい」というのは、そのあたりを見抜いた感覚だったんじゃないかと思う。横田さんは詩人でもあったから、言葉にはとても敏感だった。

「共生」への壁は、すぐそばにある

自分の「隣近所」を守ろうとする時、人は驚くほど保守的になったり、攻撃的になったりする。障害者運動の歴史を調べていると、そう感じることが多い。障害者が街中で暮らすこと。地元の学校（普通校）へ通うこと。それに反対してきた人の多くは、どこにでもいる普通の人たちだった。

人を遠ざけるのは「悪意」ばかりじゃない。「何かあったら大変です」「困るのはあなたじゃないですか」といった「善意」が人を遠ざけることもある。横田さんたちは、そうした「善意の顔をした差別」を鋭く告発してきた。

こんなことを書いているぼくにも、こうした保守性や攻撃性は、きっとある。子育てをしていると、「隣近所」で起こる変化に過敏になっている自分がいる。この過敏さは、どこかで誰かを傷つけていないだろうか？

ぼくは、自分の息子に「いろんな事情を持った人たち」と共に生きてほしいと思っている。なぜなら、ぼくの息子も「いろんな事情を持ったひとり」だからだ。息子が排除されないために、息子には排除してほしくない。

とはいっても、もし仮に、まったく異なる生活習慣や価値観を持った人から、突然「あなたの隣近所に住みたい」と言われたら、ぼくは、たぶん「ピクッ」とすると思う。

この「ピクッ」という感覚は何だろう？

「ピクッ」としてしまう自分って何だろう？

自分を「ピクッ」とさせるものは何だろう？

それが何かは、自分自身で考えなければならない。

横田弘さんには「自分で自分を見つめること」の大切さを教えてもらった。乗り越えるべき壁を見誤らないためには、「冷徹に自分を見つめること（自己凝視）」が必要なのだ。共生社会への壁って、どこか遠くにあるわけじゃない。それこそ、ぼくたちの「隣近所」にあるのだと思う。

参考：横田弘さんのことを知りたい方は、ぜひとも横田弘著『障害者殺しの思想』（現代書館、二〇一五年）を読んでください。自分の中の「障害者像」を根底から揺さぶられる経験になるはずです。それから、ぼくが書いた横田さんの評伝『差別されてる自覚はあるか――横田弘と「青い芝の会」行動綱領』（現代書館、二〇一七年）も、あわせて読んでいただけたら嬉しいです。

第六話

「相模原事件」が壊したもの

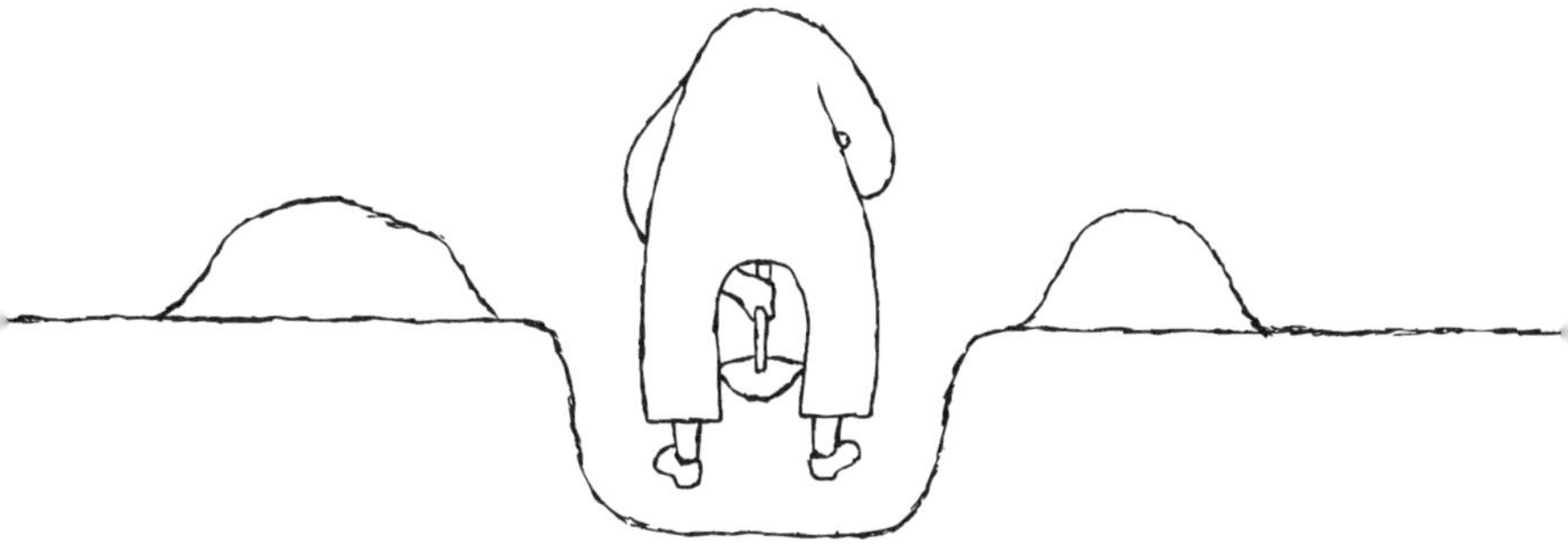

二〇一六年七月二六日、神奈川県相模原市の障害者施設「津久井やまゆり園」で、凄惨《せいさん》な殺傷事件が起きました（本稿では、この事件を「相模原事件」と表記します）。

ここに、この事件に対する私の考えの一端を綴るにあたり、尊い生命を奪われた方々のご無念を思い、心身に深い傷を負われた方々、大切な人との別れを理不尽な形で強いられた方々に、心よりお見舞いを申し上げます。

私自身、この施設に個人的な縁があるというわけではなく、実行犯に特別な関係があるわけでもありません。しかし、この事件は、私たちが生きる社会の在り方や、社会が社会として成り立つために必要なものを、取り返しの付かないくらいに傷つけたのではないかと考えています。

事件後一年を過ぎた頃からでしょうか。この事件に関心を寄せる人たちの口から、「風化」を危惧《きぐ》する言葉が漏れはじめました。その「風化」に抗うために、私に何ができるのか。これからも愚直《ぐちょく》に考え続けたいと思っています。

事件の直後、私は、ある方とお話させていただく機会を得ました。長らく神奈川県で脳性マヒの当事者運動に取り組んでおられる渋谷治巳《しぶやはるみ》さんです。

渋谷さんは、次のような気持ちを話してくださいました。

ここのところ、「いつか障害者が無差別殺人の被害にあうのではないか」という予感を持っていた。でも、それは通り魔事件のようなものをイメージしていた。それが、このような最悪な形で現実になってしまった。

この社会は、特定の人たちの存在を拒絶する憎悪の感情を、露骨にあらわすことへの抵抗感が薄くなってしまったように思います。事件前から社会問題化しつつあった生活保護バッシングやヘイトスピーチなどもそうです。

こうした剝《む》き出しの憎悪は障害者にも向けられています。障害者が街中で身の危険を覚えるような空気は、あの事件の前にも存在していました。いま、その空気は確実に重苦しさを増しています。

こうした状況を、見て見ぬ振りで済ませてしまうのか。

次の世代に引き継がぬように、いま、ここで抗うのか。

決して大げさではなく、私たちは時代の分かれ道にいると思います。

「誰か」を憎悪するのにためらいのない社会は、「私」を憎悪するのにもためらいがないはずです。

そんな社会が嫌だというなら、いま、「黙っている」という選択肢はありません。

この事件は「誰」の問題なのか

相模原事件に関して、私はもどかしい思いを抱えています。

大前提として、この事件では「私たちが生きる社会の在り方」が問われています。社会全体で考えなければならないことが、たくさんあります。

なぜ犠牲者は施設で暮らしていたのか？

なぜ犠牲者の名前が公表されなかったのか？

なぜ実行犯の主張に共鳴する言葉がＳＮＳに溢れたのか？

いずれも、私たちが生きるこの社会で起きたことであり、私たちに関わる問題です。

大きな議論になった施設の再建問題（同程度の施設を現地に再建するのか、小規模施設を複数作り「地域生活」を促進するのか）に関しても、この社会の在り方そのものが問われています。

私たちは、重度障害のある人たちと、どのように生きていこうとしているのか。どうしたら共に生きていけるのか。それを考えるべきなのは、この社会を構成する私たち一人ひとりです。

にもかかわらず、この事件は「どこか遠くで起きたこと」として受け止められ、「福祉の専門家が考えるべき問題」と考えられている節があります。

「障害の有無で人を隔《へだ》てることなく、共に生きるためには何が必要か」について議論することは、「様々な事情を持った人たちが、共に生きられる社会とは何か」を議論することと地続きです。

「様々な事情を持った人たちと共に生きる社会＝ダイバーシティ社会」は、未来の目標ではありません。この社会には、もうすでに多様な人々が暮らしているからです。出身地、言語、年齢、性別、思想信条、文化習慣、心身の状態など、様々な事情を持った人たち同士で、どのような社会を作っていくのかという問題は、現実に直面している喫緊《きっきん》の課題なのです。

この問題に無関係でいられる人など存在しません。なぜなら、私たちは皆「様々な事情を持った一人」だからです。

私がもどかしい思いを抱えているのは、実はこの先の問題です。

相模原事件も、遠からず裁判がはじまることになります（本章の初出掲載時、同事件の公判はまだ開始されていませんでした。ここでは初出掲載時点での私の考えを示すため、本節では時系列を改稿せずに掲載します)。

通常、社会に深刻な影響を及ぼした事件の公判がはじまれば、事実の解明が期待されます。この事件についても、もう二度と同様の事件を起こさないために、厳正な裁判が行なわれることを求めます。

また、この事件が今後「共生社会」の実現へ向けた議論にどのような影響を及ぼすのか、しっかりと記録しなければなりません。

ただ一方で、私は重苦しい不安も抱えています。

裁判で被告人は、犯行前後に発していた「障害者は生きている意味がない」という主旨の主張を再び展開するのではないか。

その様子が報じられたら、事件直後のように、被告の主張を肯定したり賛美したりするような意見が、またＳＮＳに溢れるのではないか。

公判の内容については、誰もが知る権利を持っていますし、この事件については「苦しいけれども知らなければならないこと」もあります。したがって、公判が報じられないなどということはあってはなりません。

しかし、やはり一方で、ああした言葉が繰り返されるのではないかと想像すると、それだけで気が滅入《めい》ります。

被告人の主張に共鳴する声がＳＮＳに溢れることは、次の点で恐ろしいと思います。

まず、「特定の人たちの尊厳を損なう言葉」が社会に蓄積していくことが恐ろしいです。ＳＮＳは言論空間であると同時に生活空間でもあります。あのような言葉が生活圏に存在すること、またそうした生活に違和感がなくなってしまうことに、私は恐怖を覚えます。

また、ＳＮＳに氾濫する言葉には反論しにくいという点があります。匿名的に溢れる言葉にまともに向き合おうとすると、大事な論点がズレてしまいかねません。

「障害者は生きる意味がない」という言葉を批判しようとすると、ともすると、反論する側に「障害者が生きる意味」の立証責任があるように錯覚してしまうことがあります。私自身も、時折そのような錯覚を覚えるのですが、冷静に考えてみれば、これはとても理不尽なことです。

私たちが議論しなければならないのは、「障害の有無で人を隔てることなく、共に生きるためには何が必要か？」という点です。

しかし、「障害者は生きる意味がない」という言葉に反論しようとすると、論点が「障害者が生きる意味とは何か？」に変わりかねない怖さがあるのです。

「生きる意味」は言葉になんてできない

当たり前のことですが、「人が生きる意味」について軽々に議論することはできません。障害があろうとなかろうと、人は誰しも「自分が生きている意味」を簡潔に説明することなどできないと思います。「自分が生きる意味」も、「自分が生きてきたことの意味」も、簡略な言葉でまとめられるような浅薄《せんぱく》なものではないからです。

私自身、「自分が生きる意味」について、心の中で思い悩んだり、大切な人と語り合ったりすることがあります。自分の生きがいについて、誰かに知ってほしくて、その思いを発信することもあります。

しかし、私が「生きる意味」について、第三者から説明を求められる筋合いはありませんし、社会に対してそれを論証しなければならない義務も負っていません。

もしも、私が「自分の生きる意味」について論証しようとして、うまく論証できなかったとしたら、私には「生きる意味」がないということになるのでしょうか。そんな理不尽な論証を求められたとしたら、私はそれを暴力と認識します。

また逆に、もしも合理的で論理的な説明が可能だとしたら、誰かの「生きる意味」を否定してもよいのでしょうか。だとしたら、私はそんな合理性も論理性も身につけたくありません。

そもそも、議論の行く末に責任のない人たちが、ある特定の人たちの「生きる意味」について議論すること自体、その「特定の人たち」にとっては恐怖だろうと思います。

かつて鳴らされた警鐘を忘れないこと

私は相模原事件のことを考える際、第五話で紹介した「青い芝の会」の横田弘さんたちの活動を、いつも参考にしています。なぜなら、横田さんたちは、はじめて正面から「障害者を殺すな」と声を上げた人たちだったからです。

こうして横田弘さんたちの活動について紹介する文章を書くと、しばしば「まだ横田弘の話をしているのか？」という批判を受けることがあります。しかし、私から言わせてもらえば、社会は「まだ」横田弘に追いついていないと思っています。

二〇一〇年代後半の出来事（一部）で言えば、某航空会社が車椅子利用者の搭乗を拒否した事件や、知的障害のある息子が檻に監禁され死に至った事件（兵庫県三田市《さんだ》）で被告の父親に執行猶予《ゆうよ》付きの判決が下りたことなど、横田さんたちが四〇年以上も前から批判してきたのと、ほとんど同じ構図の問題が起きています。

これからの社会を考えるのに、七〇年代の障害者運動が参考になるのか？　と疑問に思う人もいるかもしれません。しかし、七〇年代の運動を勉強している私からすると、この社会はいま不穏な既視感に満ちています。

すでに何十年も前から訴えられてきたことが繰り返し起きている。障害者運動家たちが身体を張って積み上げてきたものが、ひっくり返されている。相模原事件は、その最悪な形だと思います。「殺すな」「共に生きよう」というメッセージが、そのために積み上げてきたものが、根底から覆《くつがえ》されてしまいました。崩されてしまったものは、また積み上げなければなりません。私たちは、しつこく「障害の有無で人を隔てることなく、共に生きるためには何が必要か」を考え続けなければなりません。

——と、本当はここで稿を終えたいのですが、横田弘さんに触れた以上、もう一言付け加えねばなりません。

以上のようなことを書いてきましたが、当の横田さんご本人は、きっと褒めてくださらないはずです。

生前の横田さんとお話する際、私が思わず「私たちは〜」とか「この社会は〜」といった「大きな主語」で話をすると、横田さんからは次のような言葉が返ってきました。

それで、君はどうするの？　君は、どうしたいの？


大切なのは、「私」という「小さな主語」で考えることです。

この私にできることは、こうして文章を書くことです。

文章を書き続けることです。

かつて警鐘が鳴らされたこと。

警鐘を鳴らした人たちがいたこと。

その歴史を言葉にして、もう一度、この時代に鳴らしてみることです。

そのために、私は、来年も、再来年も、その先も、七月が来るたびに相模原事件のことを書こうと思います。共にこの問題を考え、この問題に囚われてくれる人たちと共に、悩み、苦しみ続けようと思います。

第七話

「お国の役」に立たなかった人

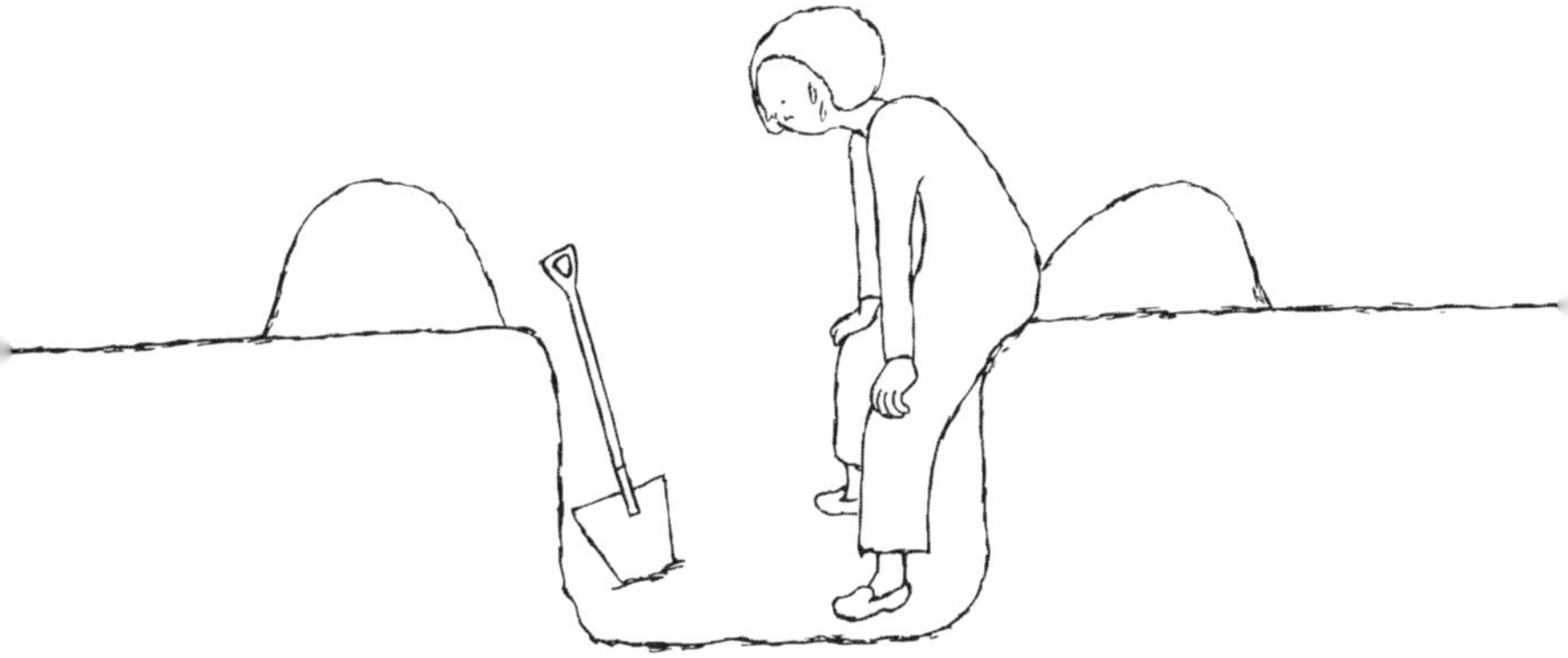

ぼくは祖父母と接した記憶がほとんどない。

「じいちゃん、ばあちゃん」というとなんだか遠い存在で、子どもの頃は「夏休みに田舎に帰る」という友だちが無性に羨《うらや》ましかった。祖父母というのは、子どもに楽しい時間を与えてくれる親しくも崇高な存在のように勝手に考えていた。

そのせいか、祖父母ほど歳の離れた人に惹かれるところがあって、学生時代に親しくさせてもらった人にも、不思議なおじいさんが多かった。


某有名百貨店の接客係を長く務めたTさんもそうで、これまた素敵なおじいさんだった。なにやら業界では伝説的なデパートマンだったみたいで、居酒屋にいくと「もう時効だから」なんて言いつつ、思い出に残るお得意様の話をしてくれた。

三島由紀夫はいつも素肌に革ジャンで、剣道の稽古《けいこ》にも誘ってくれたとか、坂本九が亡くなる一週間前にラウンジで一緒にコーヒーを飲んだとか、そんな話がたくさん出てきた。柔道五段の猛者《もさ》だったから、「その筋の人たち」の対応もしたとかいうハードボイルドな話も聞いた。

「あれ、レコーダー回しとけば良かったな……」なんて気もするけど、ぼくの経験上、こういう話はレコーダーを回すと出てこない。世の中には「残そうとすると残せないもの」

があるのだ。
この人には、よくアジア太平洋戦争の頃の話も聞かせてもらった。敗戦時に下士官《かしかん》（軍曹）だったTさんは、その後「いろいろやって」米軍の艦船に雇ってもらったらしい（詳しい経緯は不明）。いざ米軍の内部に入ってみると、驚くことがたくさんあったようだ。

例えば食べ物がうまい。缶詰を支給されて「こんなうまいもの食ってんのかって驚いたよ」とのこと。それからライフル銃が軽い。「あんなに身体でかい連中が、あんなに軽いの持ってんだもの」なんて言っていた。

食ってみて、持ってみて、Tさんが出した結論が「ありゃ勝てない」だった。戦争を生き抜いた人間の身体がはじき出した結論だけに、なんだか妙に説得力があった。

そんなTさん、実は敗戦直後の硫黄島《いおうじま》（言わずと知れた激戦地）にも行ったことがあるとか。たぶん、敗戦後の硫黄島に上陸した最初の日本人だったんじゃないか、とも言っていた。

いざ上陸してみると、兵士たちの遺体があちこちに転がっている。まだ骨にもならず、生々しい形状をしていた。とある日本兵の眼の穴から、草が伸びて赤い実を付けていた。それが眼に入り、しばらくトマトが食べられなかったらしい。

Tさんはそのとき、米軍の軍属という立場で上陸したから、日本兵の遺体を収容することも埋葬することもできなかった。「それが悲しかったね」とも言っていた。とっても気さくで、陽気なおじいさんだったけど、こうした話をするときは穏やかな顔が少し陰った。たぶん、この種のつらいものをたくさん見てきたのだろう。

ぼくが知り合った頃、Tさんは八〇代後半で、半身が不自由だった。それでも車椅子で居酒屋に繰り出して、サンマの塩焼きを頭から丸かじりしていた。

こちらの懐《ふところ》事情に合わせて激安チェーンに付き合ってくれて、別れ際はいつも満面の笑みだった。さすが伝説の接客係。

そういえば「自伝を書いてる」と言っていたけれど、あれはどうなったんだろう……。

「戦争に行けない」ことが怖かった

今回は何が言いたいかというと、「戦争体験を聞ける機会が少なくなってきた」ということだ。特に「戦闘体験」は、もうほとんど聞ける機会がない（そもそも「戦闘体験」は、話せない、話さない、話したくない、という人も多い）。

体験者の生の声を聞くことには、大きな意味がある。いま目の前にいる人の心と身体が、かつて大きく深く傷ついたのだということ。それを知るだけでも、きっと意味がある。

その傷口から漏れ出る言葉に触れるのは、独特の緊張感がある。重いし、怖いし、場合によっては逃げ出したくなる。でも、たいていの場合は話している側の方がしんどい思いをしている。だから、そうして絞り出された言葉を、頭に、心に、全力で刻み込む。

「歴史を語り継ぐ」というのは、きっとそういうことなんだろう。なかなか聞けなくなった戦争体験だけど、「障害者の戦争体験」もほとんど聞けなくなってしまった。

学生時代、戦争を生き抜いた障害者の話をたびたび聞くことがあった。中には二人ほど、貴重な「徴兵検査を受けた経験」を話してくれたことがある。

そのうちの一人は、ハンセン病療養所にお住まいだった方だった。ぼくがお会いしたときは認知症が進んでいて、何を聞いても「さあ、どうだったですかね……」という返事ばかり（もともとのインタビューの主旨は、同じ療養所で生活していた小説家に関する質問だった）。でも、ときどきシャキッとなって、「あなた、お若いようですけど、徴兵検査って知ってますか?」と切り返してくる。

その人は療養所の中で徴兵検査を受けたのだとか。対象になった患者が一列に並ばされて、検査係の将校から冷たい眼でニラまれる。その人は足に「斑文《はんもん》」（ハンセン病の初期症状のアザ）があって、そこに視線が注がれる。

とにかく、それが怖くてつらかった、という話が何度も何度も繰り返された。

「よっぽど怖かったんだなぁ」なんて思いながら話を聞いていたけど、よくよく聞いていると、ぼくが考えていた「怖い」のポイントと、その人が感じていた「怖い」のポイントが、ちょっと違うらしいことに気がついた。

ぼくは勝手に「もしかしたら戦争に連れ出されるかも知れない恐怖」を経験したんだろうと思っていた。でも、その人が経験したのは、むしろ「戦争に行けない役立たずという烙印《らくいん》を押される恐怖」だったようだ。

ぼくは戦争を経験したことがないけれど、「殺す」のも「殺される」のも超絶に嫌なので、「戦争に連れ出されるかも知れない恐怖」というのは、なんとなくわかる。

でも、それを上回る「烙印を押される恐怖」って、一体どんな感覚だったんだろう。

病気になって申し訳ない

ある時代特有の感覚について考えるには、いろんなエピソードを重ね合わせていく必要がある。

ぼくが見聞きした範囲（の一部）では、戦時中の障害者にまつわるエピソードとして、こんなものがある。

ハンセン病療養所の古老から聞いた話だけど、戦時中「こんな情けない病気になって申し訳ない」と割腹《かっぷく》自殺をした患者がいたとか。しかも、病気の血で周囲を汚さないよう、わざわざタライを抱えていたらしい。

他にも、肢体《したい》不自由児学校の校長先生が、視察に来た教育関係者たちから罵られたとか。「国家が非常時なのに、この学校は障害児ばかりを相手にしている。良心に対して恥ずかしくないのか。いますぐこの施設をお国の役に立てろ」ということらしい。

「役立たず」という烙印を押される恐怖」って、「自分は生きるに値しないから自死すべき」という心理状態に追い込まれるようなこと。また、そうした自分に関わってくれる人までが、「こんな人間の手助けするのはけしからん」と社会や世間から罵られるようなこと。

確かに、それは生きた心地がしないだろう。

そういった状況に追い込まれた人の詩が残っている。別の媒体でも紹介したことがある詩だけど、ここでも紹介しておきたい。戦争のまっただ中（一九四三年）に、とあるハンセン病患者が書いた詩だ。

鉄砲　鉄砲！／機関銃　機関銃！／ひとつみんなで血書の／嘆願書をださう
ぢやないか！／とんできた米鬼には／支那《しな》のヘロヘロ飛行機さんには／日本
のどこへきても／日本人のゐるところなら／たとへ癩《らい》病院の上空までが／か
たく守られてゐるといふことを／思ひしらせてやるために――／ダ　ダダ
ダツ　ダダダ／鉄砲を下さい！／機関銃をおさげねがひたい！／鉄砲と機関
銃をおねがひします！／どうか　どうか／おねがひします鉄砲を！

三井平吉『おねがひします鉄砲を』（部分）[1]

戦時中の障害者たちは、「お国の役に立たない」ということで、ものすごく迫害された。「国家の恥」「米食い虫」なんていう言葉で罵られた。

そうした迫害に苦しんだ人たちだからこそ、「障害者を苦しめる戦争反対！」とはならない。むしろ、なれないのだ。

迫害されている人は、これ以上迫害されないように、世間の空気を必死に感じ取ろうとする。どういった言動をとればいじめられずに済むか、自分をムチ打つ手をゆるめてもらえるかを必死になって考える。

だから、戦時中の障害者の文学作品には、実は熱烈に戦争を賛美するものが多い。「戦争の役に立たない」からこそ、逆に「私はこんなにも戦争のことを考えています」といった表現をしなければ、ますますいじめられてしまうからだ。

「強制」がないことの怖さ

誤解を怖れずにいうと、障害者たちは「強制的に戦争を賛美させられた」わけじゃない。むしろ「自発的」にそう考えていた。

正確に言うと、「自発的にそう考えるように仕向けられた」というか、「そうした考え方を持っていると表明すれば、その瞬間だけは世間からいじめられず、少しだけ楽になれる」ような状況を生きさせられていた。

1　『山櫻』一九四三年一〇月号に掲載。〈癩〉というのは「ハンセン病」を意味する当時の呼称であり、〈支那〉も中国を意味する当時の言葉です。歴史的な資料であることを考慮して、そのまま引用します。

これって、あからさまに何かを「強制」されるよりも、ずっと怖い。

強権的で抑圧的な社会というのは、いくつかの段階がある。

まずは、誰かに対して「役に立たないという烙印」を押すことをためらわなくなる。

次に、そうした人たちを迫害して、排除して、黙らせる。

黙らせたところで、今度は逆に語らせる。

「こうしたことを言えば、仲間として認めてやらなくもないんだけど」という具合に、「強制」することなく、あくまで「自発的」に語らせる。

こうして「強制的に語らせた人」の責任は問われることなく、「自発的に語ってしまった人」だけが傷ついていく。

最近、「いまの日本って、どの段階だろう」なんて不気味な発想が頭をよぎる。あの戦争の頃に似た空気が漂っているような気がするのだ。

こんなことを言うと、「戦時中と現在を同列に並べるなんてナンセンス」という人もいる。確かに、それはそうだ。

でも、けっこう似ている部分がある。というよりも、そっくりだと思う。

——という具合に今回の文章を終えようとしたら、「生産性のない人への支援は後回し」

という発言をする国会議員の話題[2]が出てきて、なんだかめまいが止まらない。

誰かに対して「役に立たない」という烙印を押したがる人は、誰かに対して「役に立たないという烙印」を押すことによって、「自分は何かの役に立っている」という勘違いをしていることがある。

特に、その「何か」が、漠然とした大きなものの場合には注意が必要だ（「国家」「世界」「人類」などなど）。第六話で触れた相模原事件の実行犯にも、同じような問題が見て取れる。

「誰かの役に立つこと」が、「役に立たない人を見つけて吊るし上げること」だとしたら、ぼくは断然、何の役にも立ちたくない。

2　自民党の衆議院議員・杉田水脈は、月刊誌『新潮45』二〇一八年八月号に寄稿した「『LGBT』支援の度が過ぎる」の中で、同性カップルのことを〈彼ら彼女らは子供を作らない、つまり「生産性」がないのです〉と指摘した。
参考：「障害者の戦争体験」の基本文献には、障害者の太平洋戦争を記録する会（代表・仁木悦子）編『もうひとつの太平洋戦争』（立風書房、一九八一年、残念ながら絶版）があります。

第八話

責任には「層」がある

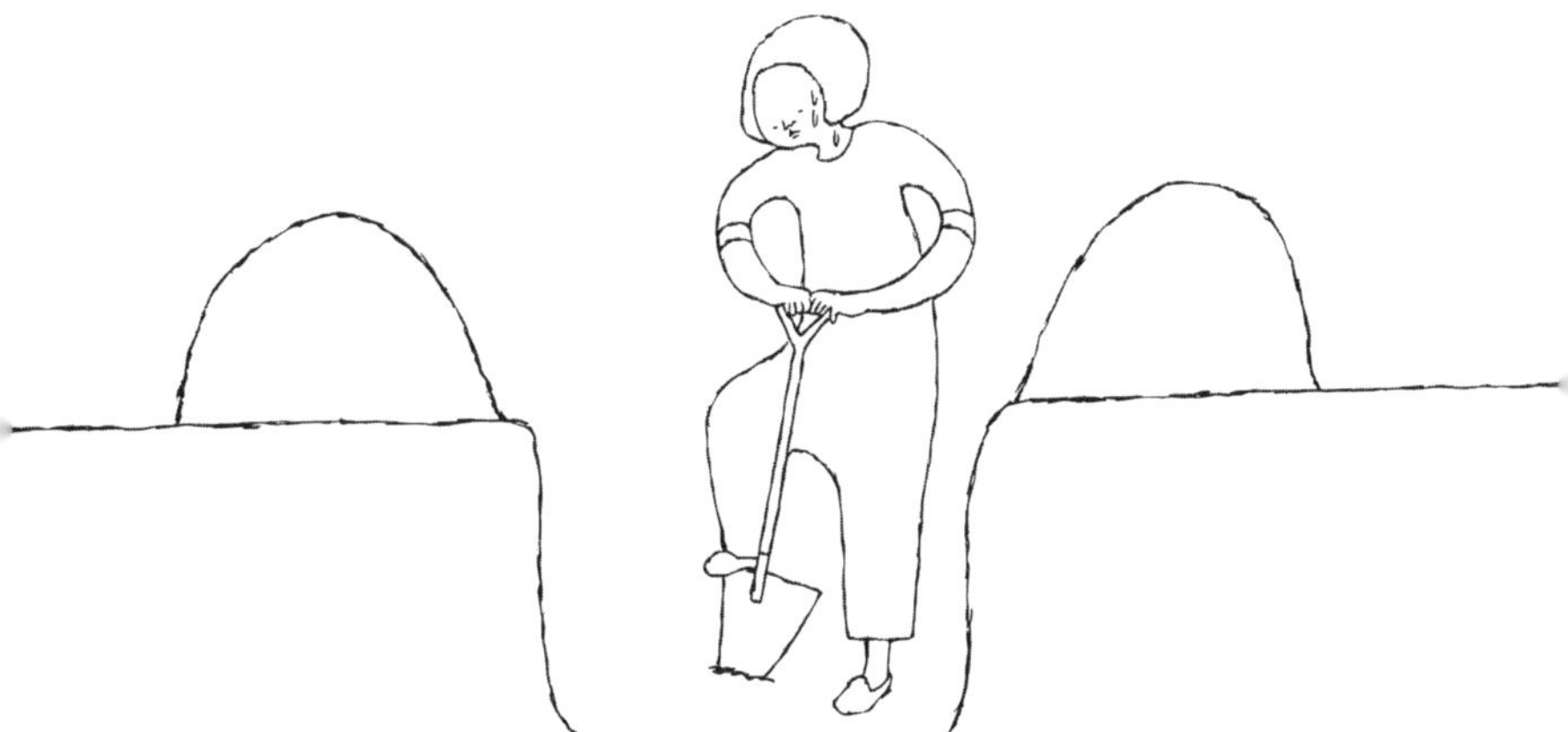

ここ数年、社会の速さについていけない。

こういうことを書くと、世間の流行やデジタル・デバイスの回転の速さについていけない、「自分も歳をとった宣言」のように受け止められてしまうかもしれない。もともと流行やデバイスにはついていけていないのだけれど、今回は、それよりも、もっと深刻な話だ。

社会の中で、真剣に考えなければならない事件が立て続けに起きていて、頭も、心も、身体も、どうにも追いつかないのだ。

二〇一九年の一年間に、新聞やジャーナルから意見やコメントを求められたり、知り合いの報道関係者や福祉関係者と話し合ったりした事件だけで、次のようなものがあった。

・川崎市登戸《のぼりと》で起きた無差別通り魔事件（二〇一九年五月二八日）
・元農水事務次官が引きこもりの長男を殺害した事件（二〇一九年六月一日）
・京都アニメーションで起きた放火殺人事件（二〇一九年七月一八日）

これら以外にも、例えば「障害」や「病気」が関係した事件（「介護殺人」や「貧困」に起因する致死など）がたびたび報道されていて、暗い気持ちになる。

もちろん、事件の軽重《けいちょう》というものは簡単に判断できない。被害者や関係者にとっては、自身が巻き込まれた事件こそ、つらく深刻なものだからだ。

でも、社会に与えた影響や報道の規模などを考えれば、右の三つの事件はどれも「犯罪史」に残ってもおかしくないだろう。

考えてみれば、相模原障害者施設殺傷事件（以下、相模原事件）が起きたのは、これらの事件のわずか三年前だ（二〇一六年七月二六日）。

あまりにも凄惨な事件が立て続けに起きていて、立ち止まって考えることさえできない。しかも、そのひとつひとつが複雑で深刻で、ともすると、「事件のことを考えよう」とする意志や気持ちがへし折られそうになる。

相模原事件について、二〇一九年にＮＨＫが行なった世論調査の結果では、この事件のことを約五人に一人が「あまり覚えていない」「全く覚えていない」と答え、二〇代以下の若者に関しては半数近くが「覚えていない」と答えたという（本事件についてＮＨＫが開設したウェブサイト「19のいのち――障害者殺傷事件」より）。

思えば、相模原事件の翌年には、記者やジャーナリスト、あるいは障害者団体関係者たちから事件の「風化」を懸念する声が漏れていた。

こうした「風化」を嘆くのは容易い。でも、これほどまでに重大事件が立て続けに起きると、「感情」や「感受性」のようなものをある程度シャットダウンしなければ、自分自身の正気を保てないような気持ちになることがある。

ぼくらは、自分たちが思うよりもずっと恐ろしい時代を生きているのかもしれない。

「責任」の在処《ありか》

相模原事件のように、あまりにも凄惨な事件について議論する際、しばしば突き当たる壁のようなものがある。事件の「責任」がどこにあるのかについて、意見がぶつかり合うことが多いのだ。

相模原事件で言えば、実行犯に第一義的な責任があることは間違いない。だからこそ、当人の思考の偏りや異常性を解明し、その原因が何なのかを論じなければならないと指摘する人がいる。

一方で、犯人は社会に蔓延《まんえん》するある種の価値観を極端かつ最悪のかたちで体現したのだ、と考える人もいる。確かに、この社会には「役に立つ／立たない」とか「生産性がある／ない」といった尺度で人間の尊厳を値踏みするような価値観がはびこっている（こうした価値観を露骨に表明してしまう国会議員さえいる)。このように考えれば、犯人の個人的な偏りや異常性だけを解明しても、あまり意味がないのかもしれない。

しかし、こうした言い方をしてしまうと、「責任」の所在が「社会」にあることになる。それは結局、「みんなが悪い」といった考え方になってしまわないだろうか。ひいては犯人の「責任」を免罪したり、軽くしてしまったりすることにならないだろうか。

とはいっても、ぼくたちは「障害者と共に生きること」について、日頃からどれだけ真剣に考えているだろうか。障害者の存在を、どこかで「迷惑」と思ったり、「邪魔」に感じたり、「住み分けた方が良い」と考えたりしてはいないだろうか。

もちろん、兇刃《きょうじん》を振るうことなど論外だけど、あの犯人が障害者に対して抱いた感覚に近いものを、ぼくたちは本当に、まったく抱いていないと言い切れるだろうか。こうした、ぼくら一人ひとりの感覚の総和が、あの事件に関係していないと言い切れるだろうか。

そうはいっても、それでも、あの犯人の言動は異常だと思う。事件前後の言動も異常だし、報道で伝えられる供述内容も受け入れがたい。やはり、あの異常性がどこから来たのかは解明されなければならない。

「責任」は、犯人という個人にあるのか。それとも社会という全体にあるのか。大きな事件が起きるたびに、こうした構図の議論が交わされてきたように思う。

川崎市登戸で起きた無差別通り魔事件でも、こうした議論がなされた。この事件は、兇刃を振るった犯人に問題があるのだろうか。それとも、「引きこもり」という社会問題にまで根を張ったものなのだろうか。

ぼくたちは、凄惨な事件の「責任」を、どのように考えればよいのだろうか。

「水俣病」という闘い

こうした問題に直面するたびに、ぼくが読み直す本がある。水俣病患者である緒方正人さんの語りをまとめた『チッソは私であった』（葦《あし》書房、二〇〇一年）だ。

言うまでもなく、水俣病とは日本が経験した最大規模の公害病だ。書名にある「チッソ」とは、この公害を引き起こした加害企業「チッソ株式会社」のこと。

チッソ株式会社の水俣工場（熊本県水俣市）では、当時アセトアルデヒドという物質を生産していた。水俣工場では、この物質の生産過程で水銀を使用していたにもかかわらず、その廃液を処理しないまま水俣湾へと垂れ流していた。

流された水銀は海の生き物たちに取り込まれ、食物連鎖を通じて濃縮していく。濃縮した物質を含んだ魚介類を、地元の漁民《ぎょみん》たちがとって食べる。そのことによって、深刻な水銀中毒が広範囲にわたって引き起こされてしまった。

水俣病は、患者の発生が公式に確認されてから（一九五六年）、それが水俣工場による廃液に原因があると政府が公式に見解を出すまで（一九六八年）、とても長い時間がかかっている。

なぜか。多くの人が貧しい漁民よりも大企業であるチッソの味方をしたからだ。

当時の日本は高度成長期で、奇跡のような経済成長を支えるために、水俣工場が生産する化学物質を必要としていた。それに工場がある地域にはチッソの従業員がたくさん住んでいたから、チッソはいわば地域経済の大黒柱だった。

原因が突き止められてからも多くの問題が起きた。患者への深刻な差別もそうだ。「伝染する」といった偏見もあった。「偽患者」よばわりされた人もいた。漁業が成り立たず、先祖代々続けてきた漁民としての生活が崩壊した人もいた。

それに、「水俣病患者」として「認定」してもらうためには、国や県が設置した機関に「患者認定」してもらわなければならないという理不尽なこともあった。

そもそも、この問題に関しては、国や県は「加害企業」の肩を持つ立場にあった。だから水俣病は、「被害者側」が「加害者側」に「被害者」であるかどうかを判断・認定してもらうという構図になった。

水俣病の患者たちは、こうした絶望的とも思える状況の中で、それでも声を上げ続けた。緒方正人さんは、その一人だ。

水俣病の患者運動は、「患者運動」という一言でくくれない複雑さとむずかしさがある。それぞれの患者の置かれた立場で、「声の上げ方」に違いが生じざるをえなかったからだ。認定機関に「患者」として認めてもらい、加害企業から補償を得た方がよいという人もいた。加害企業と直接やり合わなければダメだという人もいた。水俣病は人類史に残るような公害病だ。その中で、それぞれやむをえぬ事情を抱えた人たちがいるのは当然だ。

緒方正人さんは、こうした患者運動内部の複雑な事情に身を置かれていた人だ。そういう経験をされた方の言葉が、重くないわけがない。

『チッソは私であった』の中に、特に心を打つ場面がある。緒方さんが「責任」を〈地層〉に喩えているところだ。少し長いけれど引用させてもらう。

人間の責任、あるいは人間の罪なんだと言うと、たとえばチッソの責任ということと対比されるんですね。チッソの責任がなくなってしまう、みたいに。

ところが、対比できないんですよ。地層のような縦軸の関係になるものだから、対比できない。チッソの責任は確かにあるんです。時空の違いみたいなもので、ここでは確かにそれは存在している。だけども私が言いたいところのあれはちょっとずれたところにあるから、対比されても説明のしようがない。

水俣病の「責任」は、どこにあるのか。間違いなく、チッソという会社にある。利益ばかりを追求して、周辺住民への健康被害や環境汚染を二の次にした会社の責任は重い。でも、なぜチッソは工場の操業を続けたのだろう。社会が、世の中が、いまより豊かになるために、チッソが作り出す化学物質を欲したし、チッソのような大企業を必要としたからだ。

だとしたら、海を汚したり、人間や海の生き物たちを毒したりした責任は、社会や世の中にもあるのではないか。

そもそも、ぼくたちは、こうした加害企業と本当に関わりのない場所で生きているのだろうか。ぼくの部屋を見渡してみても、化学物質で作られたものだらけだ。いま原稿を書いているパソコンだって、さっき買ってきた夕飯の食材（魚の切り身）を乗せた発泡トレイだって化学物質だ。

当時のチッソが作っていたのも、こうした身の回りに溢れる物質の素材だ。だとしたら、「この私」もチッソと大して変わらないのではないか。

それにしても、いつから人間は自然を汚しても平然としていられるようになったのだろう。文明というものが、人間からそうした感受性を奪ってしまったのだろうか。だとしたら、水俣病の根っこには文明という病があるのかもしれない。

緒方正人さんは、こうした次元にまで「責任」を考えた人だ。考えすぎて、一時期は本当に危うい精神状態にまで陥った。部屋のテレビをぶっ壊し、海に向かって土下座をした。そこから、緒方さんは何を見つけたのか——詳しく知りたい方は、ぜひ『チッソは私であった』を読んでほしい。

凄惨な事件の「責任」を背負う

本稿の冒頭に、話を戻そう。

相模原事件の「責任」も、緒方さんがいう〈地層〉のように、幾重《いくえ》にも、幾重にも、重なっているのだと思う。

あの実行犯には、もちろん「責任」がある。

人間を「生産性」で値踏みするような、現代社会の在り方にもある。

自分も、そうした広い「責任」と無縁ではない。

いくつもの「責任の層」を考える必要がある。

あるひとつの「層」について考えたからと言って、他の「責任」を免罪することにはならない。

許せないものは、許す必要はない。

深い深い「層」では、水俣病と相模原事件の「責任」が重なって見えることさえあるだろう。

でも、凄惨な事件について、こうした「層」を考えるには、この社会はあまりにも速く、慌ただしくなってしまったように思う。

それに、もともと一人の人間が受け止め、考えられる「層」は、それほど広くはないはずだ。

だから、一緒に考えてくれる人の数を増やしていく必要がある。

そのために何ができるのか。
それについて悶々《もんもん》と悩み続けることも、凄惨な事件と向き合う「責任」の在り方だと思う。

参考：『チッソは私であった』は、二〇二〇年一二月に河出書房新社から文庫化されました。

第九話

「ムード」に消される声

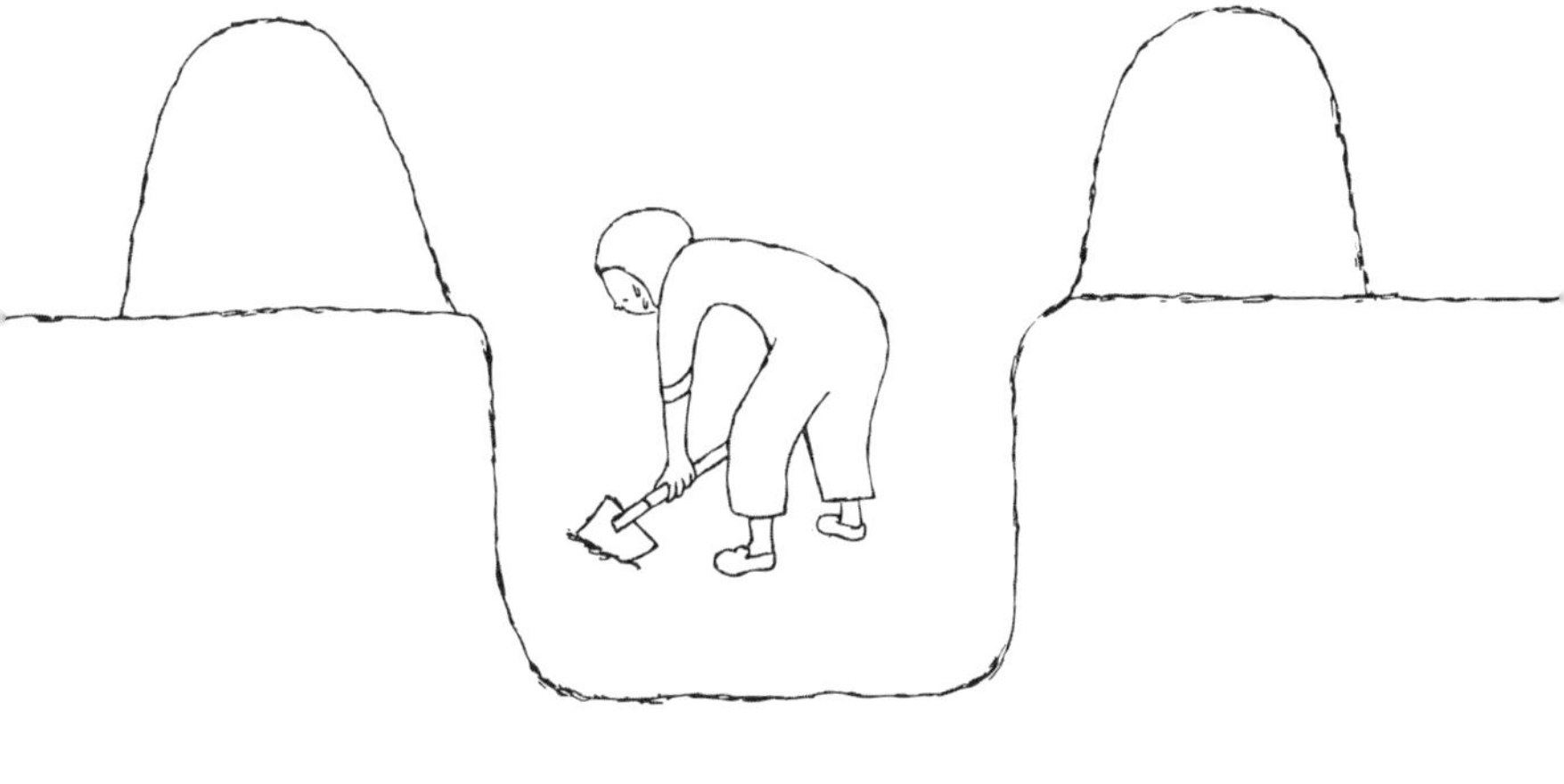

性格上、あまり「ブチッ！」とくることはない。ないのだけど、ここ数年は「モヤモヤ」あるいは「イライラ」することが多くなってきた。

たぶん、子育てしていることが関わっているのだろう。子どもが言うこと聞かずにイラつくことがないわけじゃないけど（というか普通にあるけど）、話の中心はそこじゃない。

次の世代のことを考えると、政治とか社会とか世の中の仕組みとか、そういったことに、なんだか心がざらつくことが多くなってきたのだ。

確か、息子が一歳になったかならないかくらいの頃のこと。少し年下の知人と産休・育休の話題になったことがある。

その人は世間的に「エリート社員」と言われるような人で、とても真面目で周囲からの評判も良い。育児にも積極的に関わっているらしく、そうした点も信頼されているようだった。

そんな立派な彼の口から、次のようなフレーズが出たのだ。

「産休・育休って、制度そのものより（取得できる）ムードが大事なんだよね」

その場に同席していた人たちは、「そうそう」みたいな感じで頷《うなず》いていたのだけど、ぼくはこの言葉にモヤモヤとイライラが同時に押し寄せてきて、それを抑えるのに大変だった（いまから考えれば、無理に抑えなくてもよかったのかもしれないな）。

ぼくがイラついたポイントは二つある。

ひとつは、この発言をしたのが、その「彼」だったという点だ。

彼は社内では若手のリーダー的存在で、すでに責任ある職も任されていて、将来はNo.1〜2くらいのポストに就くとさえ目されている。つまり、社内のムードを作る側の人なのだ。その彼が、社内のムードに関して他人事のような口ぶりで話しているのにイラッときてしまった。

これと同じ発言を、社内でも立場の弱い人が、制度はあるのに取得できるムードがなくて困っているという文脈で言ったとしたら、ぼくはイラつくことはなかっただろう。親しい人であれば、むしろその悩みに寄り添いたいとさえ思ったかもしれない。

もうひとつは、その場にいた人たちが、「制度よりムード」という発想の怖さに無自覚だった点だ。

もしも制度よりムードの方が大きな力を持つとしたら、人はムードに左右されて生きなければならなくなる。ムードを作る側にいる人は、それでも特に不都合はないかもしれない。でも、この社会には作られたムードの中で生きることを強いられる人もいる。

そうしたムードに頼って生きなければならないというのは、恐怖でしかないだろう。「立場の強い人は、立場の弱い人を、その時々のムードに合わせて処遇できる」ということになるからだ。

そんなことをさせないために、ムードに左右されないきちんとした制度を整えなければならない。ムードというのは、マジョリティにとっては空気みたいなものだけれど、マイノリティにとっては檻みたいなもの。決して誇張ではなく、本当に恐ろしいものだ。

「権利」に鈍ければ「差別」にも鈍くなる

二〇一八年、某医大の入試で行なわれていた女性差別が話題になった。[1] 女性の受験者が、女性だというだけで不当に点数を低く抑えられていたのだ。この報道に接した日は無性に腹が立って、何かしたわけじゃないけど怒り疲れて、夜には一人でヘロヘロになっていた。

これも「制度よりムード」が優先された最悪の事例だと思う。「女は使いにくい」というムードが、入試という厳正な制度を骨抜きにしてしまった。日本に女性差別はないなんて思ってなかったけど、ここまで露骨に見せつけられたのはさすがにショックだった。

この報道を受けて、SNSには「差別したんじゃなくて区別して扱っただけ」という表現がちらほら見かけられた。「差別と区別は違う」というのは、障害者差別が起きたときにも出てくる定型句。「こいつ、ここにも出てきたか……」なんて思っていると、更にぐったりしてしまった。

とりあえず入試に関して言うと、「差別」は不当に「されるもの」であり、「区別」は不利益が生じないように「してもらうもの」(例えば「拡大鏡の使用」など)。「不利益の生じる区別」は「差別」だし、そもそも属性を理由に「不利益」を押しつけることは許されない。

「差別と区別は違う」というフレーズは、「それは差別だ!」と批判された側が思わず口走るというパターンが多かったように思う。でも、SNSなんかを見ていると、この問題に直接関係ない人まで野次馬的に使っているようなところがあって、なんだかここでもモヤモヤが収まらなかった。

そもそも、「男社会」が作ったムードに女性の人生が左右されるのは差別だと思うのだけれど……。

1　二〇一八年八月、東京医科大学で遅くとも二〇〇六年から、女性受験者や四浪以上の男子受験者を一律に減点する不正な得点操作が行なわれていたことが判明した(参考「東京医大入試『女性差別』06年には得点操作　調査報告」『朝日新聞』二〇一八年八月八日、朝刊一面)。その後、同大以外の複数の医大でも、同じような不正が行なわれていたことが判明した。

この社会は「権利」という概念に鈍《にぶ》いけど、それと対になって「差別」への感性も鈍い。「差別」への感性を鈍らせないためにも、ぼくらは「権利」に敏感でなければならない。

女性たちの障害者運動

「権利」とは何なのか。

「差別」とは何なのか。

それについて知るためには、障害者運動のことを調べるとよい。こうした問題を知るためのヒントがたくさん詰まっているからだ。

ただし、障害者運動にも反面教師としての側面がある。こうした運動の内部にも、女性が軽視されたり、差別されたりしてきた事例が存在したのだ。

第五話で、「日本脳性マヒ者協会 青い芝の会 神奈川県連合会」に所属した横田弘さんを紹介した。「青い芝の会」の神奈川県連合会といえば、数々の反差別闘争を繰り広げてきた団体だ。

障害と言えば「克服するもの」「治すもの」「望ましくないもの」という考え方が常識だった一九七〇年代、神奈川県連合会の人たちは「障害者のままで何が悪い！」と主張して福祉業界に激震をもたらした。

実は「青い芝の会」には、脳性マヒ者同士で結婚し、夫婦で運動に関わった人たちが少なくない。当時は障害者が結婚して家庭を作ること自体、社会との闘いだった（現在でも障害者の結婚に対する風当たりは強い）。だから、それ自体は旧弊な価値観をぶち壊すラディカルな挑戦だったのだけど、その一方で、彼らの性役割認識はとても古風だった。

例えば、神奈川県連合会には、運動家の妻たちが連帯して立ち上げた「婦人部」という部署があった。「青い芝の会」にはいくつか支部があるけど、婦人部が存在したのは神奈川県連合会だけだ。

こうしたセクションが存在したというのは「神奈川の妻たちが強かった」というわけじゃない。実態はむしろ逆で、この会内には、女性たちが「神奈川県連合会」と名乗ることに対して、出過ぎた真似だと快く思わない風潮があったようなのだ。

つまり、当時の障害者運動の内部にも、「女は内（家）、男は外」「女は一歩下がるべき」というムードが存在したということであり、そうしたムードに押さえつけられた女性たちがいたということだ。

長い目で見れば、「青い芝の会」は創立者三人のうち一人は女性だし、全国組織の代表に女性が就いたこともあるし、女性が中心になって闘った反差別運動もある。
だから、女性が「青い芝の会」の運動に関わらなかったというわけじゃない。でも、運動内部に女性が軽んじられる風潮が存在したという点は事実だと思う。

神奈川県連合会婦人部の人たちが、こうした事情を本にまとめてくれている。タイトルは『おんなとして、CPとして』（CP女の会編、一九九四年。「CP」とは脳性マヒのこと）。女性目線から障害者運動を捉えた超絶的名著だけど、残念ながら絶版で、再版の可能性もないらしい。

この本の中で、内田みどりさん（一九三九〜二〇一五年）という方が、街宣活動の様子を次のように記している。

> かろやかに流れるジングルベルのメロディーに子供たちの笑い声がはずむ、ケーキやオモチャを抱え家路を急ぐ親子連れ、女たちは、家に置き去りにしてきた子供に思いを馳せた。マイクからほとばしる男たちの叫び、女たちは、黙って人並《（ママ）》みのなかに黙々と「ビラ」をまき続けた。女たちは、子育ての中

から生まれる新たな地域との摩擦の中で、男たちとはちがう差別や偏見を味わいはじめていた。男たちは、障害者運動に夢とロマンをかけ、女たちは、日々の生活をかけた。

最後の一文〈男たちは、障害者運動に夢とロマンをかけ、女たちは、日々の生活をかけた〉は、重すぎるくらい重い言葉だ。

少しだけ、事情を解説しておこう。

「青い芝の会」が世情を賑《にぎ》わすような反差別運動をしていたとき、婦人部の妻たちは運動とは違う種類の困難に直面していた。

例えば子どものこと。彼女たちの子どもには障害がなかったから、地域の学校に通い、隣近所の子どもたちと共に生活していくことになる。親たちも、子どもを通じて新しい人間関係ができていく。

もちろん、それは良いことばかりとは限らない。「障害者の親を持つ子ども」「障害のある親」という隣近所の目線によって、心を削られることも多くなる。

それに「家族」を維持するためには、家のこと（家事・家計・育児など）をやりくりしなければならない。運動の支援者たちとも付き合っていかなければならない。そうした種々の懸案を引き受けるのも（引き受けさせられるのも）妻たちだった。

婦人部の人たちも、毎日のように障害者差別を実感していたから、運動にも積極的に参加していた。でも、路上でビラをまいたり、行政と交渉したりしているその瞬間にも、子どものいる人は家で留守番させている子どものことを心配していた。

もっと小さい子どものいる女性は育児に追われていたから、そもそも運動の現場に行きたくても行けなかった。

どんなに障害の重い人でも生きていける社会を作りたいという理念と、毎日子どもの世話をし、家計を気にかけ、家庭を維持しなければならないという現実的な懸念。この二つが運動家の妻たちを悩ませた。

障害者差別と闘うために、「家と子ども」を押しつけて運動に出ていく夫の背中を、妻たちはどんな思いで見送ったのだろう。きっと複雑で、割り切れない思いがあったはずだ。内田さんが〈女たちは、日々の生活をかけた〉というとき、その〈日々の生活〉を守ることが、どれだけ苦しいことだったか。それを想像しないといけない。そして、こうした苦労が「歴史」に残りにくいことも知らなければならない。

同じ文章の中で、内田みどりさんは次のようにも記している。

運動とは、決して特別な人々が行うものではない。しいて言うなら、最も平凡な人間が、平凡に生きていきたいと願った時の願いの姿なのだ。少なくとも私たちの闘いの根っこはそこにあった。結婚・出産・子育て、そして、自らの手できづきあげた家庭……これらを守るための闘い。

それを人は、障害者運動という。

「女性たちの声」を忘れてはいけない

と、なんだか偉そうにいろいろと書いてしまったけれど、実は、ぼくも反省しなければならない点がある。

学生時代、たびたび横田弘さんのところに通って話を聞いていた。実はそのとき、この文章を書いた内田みどりさんにもお会いしていた。いつもニコニコしていて、きさくで、朗らかな人だった。

ぼくも神奈川県連合会に婦人部があったことは知っていた。内田さんがそのメンバーであり、かつ大変な名文家で、運動の最前線にいた人であることも知っていた。

でも、ぼくは「内田みどりさんにお話をうかがう」ということを一度もしなかった。横田弘さんのお話をうかがうことで頭が一杯で、そこまでの余裕がなかったのは事実だ。横田さんのむずかしい話を理解するだけでも精一杯だったから。でも、それも陳腐で薄っぺらい言い訳にしかならない。

結局、ぼくも障害者運動を「男の夢とロマン史観」で見ていたということだ。「反差別闘争の歴史」を書こうとしていながら、「男たちの成果」ばかりに目を向けて、日々の生活を闘った女性の言葉を聞こうともしなかった。内田さんの言葉は、「反差別闘争の歴史」から、生活をかけた女性の声が忘却されることへの警鐘だったのに。

あれから、ぼくにも家族ができて、「日々の生活を維持すること」がどれだけ大変で、どれだけ大切なことか、その一端がわかってきた。だから、ぼくは、後悔して、反省して、学び直そうと思う。

そしてぼく自身、どちらかと言えばこの社会のマジョリティであり、ムードを作る側として生きてきたのだから、ムードによって消されている声に敏感でいたいと思う。

参考：神奈川県連合会の婦人部については、荒井裕樹『差別されてる自覚はあるか——横田弘と「青い芝の会」行動綱領』（現代書館、二〇一七年）で少し詳しく紹介しました（特に終章）。ご興味のある方は手に取ってみてください。

第一〇話

一線を守る言葉

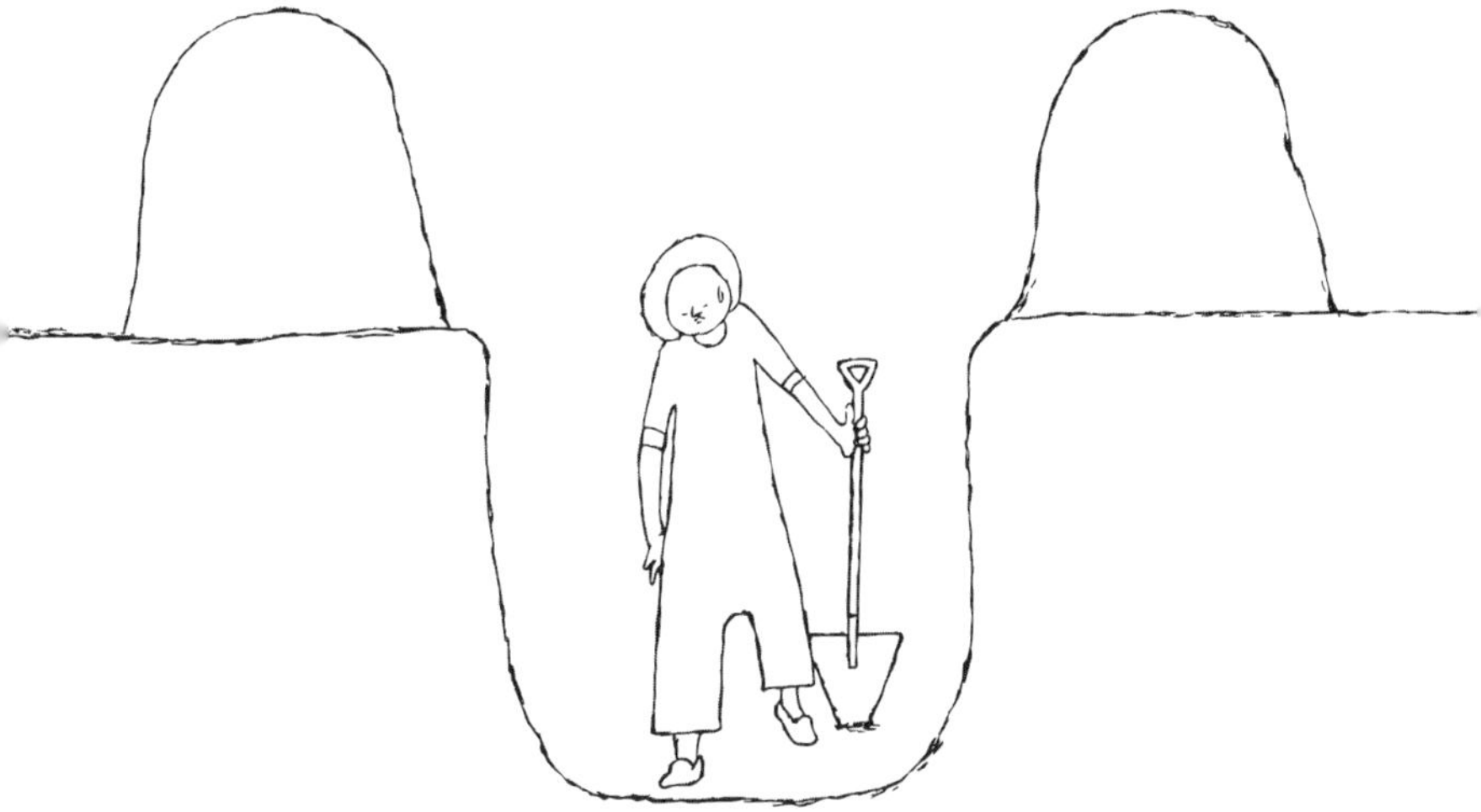

息子が四歳の時のこと。「パパのお仕事って何?」と聞かれて、黙り込んでしまったことがある。

そういえば、文学者の仕事って何だろう……。

「文学者の仕事を言葉にするのは、文学者にとってもむずかしいのだ」なんてことを言っていても仕方がないので、がんばって説明してみよう。

「文学者がやるべきこと」はたくさんあるけど、そのひとつに「『ない言葉』を探すこと」があると思う。

第二話で、ぼくたちは「励ますための言葉」を持っていないという話を書いたけど、この社会には「あったら良いはずの言葉がない」ということがある。そうした言葉を見つけて社会の在り方を問い直すことも、文学者の大事な仕事だと思う。

今回は、そうした点について考えてみたい。

「人権」が染み込みにくい

学生時代から悩んでいることのひとつに、「なぜ、この社会には人権という概念が染み込みにくいのか?」という問題がある。日本国憲法の三原則のひとつにも「基本的人権の尊重」が掲げられているのに、なかなかこの概念は浸透していかない。

「人権の尊重」というのは、本来は「人間の尊厳を守るために、人はみな誰からも絶対に侵害されない一線を持っている。それを大事にしよう」という意味だ。でも、なぜかこの社会では、「人権=きちんとした人だけが申請できるご褒美的なオプション」みたいな感覚で捉えられてしまう。

これには、いろんな理由があると思う。そもそも、「人権」という概念を生み出した西欧諸国と日本では歴史的・文化的な土壌が異なるわけだから、染み込みにくいのも当然だろう。

でも、やっぱりそれだけでもない気がしていて、いつもモヤモヤと悩んでいる。

最近は、「人権」という概念だけでなく、この言葉を受け止める動詞の方にも問題があるんじゃないか、なんて考えている。つまり、「人権を尊重する」と言った場合の「尊重」の部分に入る言葉に、なんというか、もっと切実感や危機感のようなものがあればいいのに、と思うのだ。

日本語には、何かを自分よりも「上」に置いて、ありがたがったり、優遇したり、うやうやしく扱ったり、丁重に遇したりする語彙は多い。「尊重」もそのひとつだ。

だからだろうか、例えば「子どもの人権を尊重する」という話になったとき、教育関係者からも「子どもを甘やかすと大人の言うことを聞かなくなる」とか「子どもを叱るな、というのは無理です」なんて言葉が返ってくることがある。

つまり、「子どもの人権を尊重する」という言葉が、子どもを「チヤホヤする」とか「甘やかす」といった浅いレベルで捉えられてしまったり、「人権とは、社会から尊重される人だけが持てるもの（だから子どもにはまだ早い！）」と誤解されてしまったりする。

別に、子どもを「甘やかす」わけでも、「チヤホヤする」わけでも、「叱らない」わけでもない。たとえ親だろうが、教師だろうが、国だろうが、社会だろうが、大臣だろうが、子どもに対して「絶対に侵害してはならない一線」があるはずで、それを大事にしようというのが本来の「人権」なんだと思う。

でも、日本語には「絶対に侵害してはならない一線を守りましょう」という意味合いの言葉がほとんどない。例えば「子どもの人権を○○する」という一文を考えたとき、この○○にズバリと当てはまる言葉が（こんなこと書いているぼくにも）思いつかない。

だから、子どもに対して「一線を守る」ということが具体的にどういうことなのか、パッとイメージが浮かばない。

「社会の中に言葉がない」というのは、こういうことなのだろう。

府中療育センター闘争

文学者のぼくが、一見、畑違いの社会運動（特に障害者運動）に関心を持つのは、こうした問題を考えるためのヒントが秘められているからだ。

「絶対に侵害してはならない一線」とは何なのか？

それを守るとはどういうことか？

どんな言葉で訴えればよいのか？

かつての障害者運動家たちは、それを必死に考えてきた。

その苦闘の歴史に、「言葉探し」の大切なヒントがあるように思うのだ。

今回もひとつ、過去の事例を紹介しよう。

「府中療育センター闘争」という運動があった。障害者運動の歴史では有名で、障害者施設の問題を告発した、とても重要な闘争だ。

府中療育センターは一九六八年に開設された。重度の身体障害者・知的障害者・心身障害者を対象とした東京都の大規模複合施設（定員四〇〇名）で、当時は「東洋一」の設備を誇るとさえ謳《うた》われた。

問題の発端は一九七〇年。東京都が入所者の一部を他の施設（八王子市）に移転させることを勝手に決めてしまった。これに対して入所者数名が「有志グループ」を作り、都に対して、事情の説明、強制的な移転反対、センターの生活環境改善などを訴えた。

当時のセンターは、間仕切りのない大部屋での集団生活でプライバシーはゼロ、面会は月に一回親族のみ、トイレの時間も決まっていて自由に排泄《はいせつ》もできなければ、食事の時間が来ればどにかく口に突っ込まれ、入所するには死亡後の解剖承諾書にサインすることが条件になっている、といったようなところだった。

「有志グループ」は、こうした施設の在り方に反対の声を上げた。医師や職員たちから嫌がらせを受けながらも、ハンガーストライキ（〈抗議や要求貫徹のための闘争手段として断食する示威《じい》行為〉『大辞泉』）に出たり、都庁舎前にテントを立てて一年九ヶ月も座り込んだりと、壮絶な反対運動を繰り広げた。

「有志グループ」はセンターの環境改善を求めて、四二項目の要求事項を東京都に提示した。数項目、紹介しよう。

①外出・外泊の制限をなくすこと
②面会の制限をなくすこと
③一日の生活を私たちで決めたい
⑤入浴の際の同性介助を
⑥入浴時間の変更と週二回の洗髪を
⑦トイレの時間制限をなくすこと
⑨私物の持ち込みを自由に
⑩夜、寝間着に着替えること、また、私服の着用を認めること
⑪全館往来自由にすること（以下略）

これらの項目を、何度かつぶやいてみてほしい。その後で、こうした要求が多くを望みすぎているかどうかについて考えてみてほしい。

たぶん、あまりにも当たり前のことだと感じる人が多いんじゃないだろうか。でも、そんな当たり前のことさえ認められていなかったのが、当時の施設だったのだ。

いちおう繰り返すけど、この施設は当時、「東洋一」と称えられていた。

「当たり前」がないことの怖さ

この「有志グループ」の中心人物に、三井（新田）絹子さん（一九四五年〜）がいる。実兄の新田勲さん（一九四〇〜二〇一三年）も同じセンターに入所していて、兄と妹、それぞれの立場から闘争に立ち上がった。

この三井絹子さんが訴えたことのひとつに、入浴・トイレの同性介助があった。当時のセンターでは、女性障害者の入浴・トイレの介助を男性職員が行なうことがあった。裸を見られること、身体を触れられること、そして時には「いたずら」されることに、女性たちは大変なショックを受けていた。

これに三井さんが反発して入浴を拒否すると、医師や職員たちから、恥ずかしがっていたら仕事にならない、もう入るな、ひねくれている、といった言葉が投げかけられ、嫌がらせを受けた。

でも、当時センターで働いていた職員だって、自分が入浴する時に、異性に裸を見られたり、触られたり、ましてや辱められたりするのは嫌だろう。だったら、三井さんが嫌がるのも当たり前だ。

誰かの力を借りなければお風呂に入れない人がいたとしても、その人に対して、風呂に入れてやるんだから何をしたっていいだろうとはならない。

こんなこと当たり前なんだけど、でも、相手が障害者だというだけで、こうした当たり前が置き去りにされてしまうことがある。

施設に反対する運動家たちには、実際に施設生活を経験している人が多い。施設の集団処遇の中では、この当たり前の感覚がなくなってしまう怖さを、身をもって経験している人が少なくないのだ。


「府中療育センター闘争」真最中の一九七二年。三井さんは次のような言葉を残している。


「わたしたちは人形じゃない……わたしたちは人間なのだ」

『朝日ジャーナル』一九七二年一一月号

とてもシンプルだけど、力強い言葉だと思う。

正直に言うと、ぼくは「障害者も同じ人間」という主張をあまり信用していない。

「同じ人間」という言葉の中身がスカスカだったり、「同じ人間なんだから障害者側も遠《えん》慮《りょ》しろよ」という発想に転換されやすいからだ。

でも、三井さんの言葉にはしっかりとした芯《しん》がある。人形じゃなくて人間なんだと訴えた三井さんの言葉から、ぼくらは「絶対に侵害してはならない一線とは何か」を考え、学ぶことができる。

障害者運動をめぐる絶望的な誤解のひとつに、「チヤホヤしてほしい人たちが騒いでいる」というのがある。でも、ぼくが知る限り「障害者をチヤホヤしろ」と訴えた障害者運動は存在しない。

多くの運動家たちが訴えてきたのは、すごく当たり前で普通のことだ。これを奪われたら生きる喜びさえ味わえないという、その一線を取り返すことだ。

ちなみに、この連載でたびたび紹介している横田弘さん（「青い芝の会」神奈川県連合会）は、運動の中で「権利」という言葉をほとんど使わなかった。「生きる」ことは当たり前のことであって、「権利」以前の問題だからだ。

三井さんも、横田さんも、自分たちの一線を守ろうとする言葉の深みが半端じゃない。

障害があろうが、病気があろうが、子どもだろうが、ルーツが違っていようが、人には絶対に侵害してはならない一線というものがある。

でも、ここ最近、この一線を乱暴に踏み越えたり、立場の弱い人たちの一線の幅を勝手に狭めようとする動きがある。しかも、お金があったり、権力があったり、影響力を持っている人たちが、この一線を軽んじてきている。

特に、文学者として悲しいのは、ずっと文学を支えてきた老舗《しにせ》の出版社でさえ、この一線を軽んじる言葉の片棒を担《かつ》ぐようになってしまったということだ。[1]

こうした言葉が降り積もった社会を、次の世代（つまり、いまの子どもたち）に引き継ぐというのか。それは、どうしたって許せない。

ぼくらは絶対に侵害してはならない一線を守る言葉を、急いで積み上げなければならない。誰かの一線を軽んじる社会は、最終的に、誰の一線も守らないのだから。

1　新潮社発行の月刊誌『新潮45』は、二〇一八年八月号に掲載された自民党の衆議院議員・杉田水脈の「『ＬＧＢＴ』支援の度が過ぎる」が性的少数者に対する差別に当たると批判を受けていた。しかし、その後の一〇月号で、こうした批判に開き直るかのような特集企画を組み、更なる批判を招いた。発行元の新潮社は、〈編集上の無理が生じ、企画の厳密な吟味や原稿チェックがおろそかになっていたことは否めない〉と説明し、一九八五年から続いた同誌は〈限りなく廃刊に近い休刊〉に至った（参考「『新潮45』の休刊を発表　杉田水脈氏の寄稿問題で批判」『朝日新聞』オンライン版、二〇一八年九月二五日、朝刊一面配信）。

参考：「府中療育センター闘争」については、日本社会臨床学会編『施設と街のはざまで――「共に生きる」ということの現在』（影書房、一九九六年）に詳しく紹介されています。また、三井絹子さんには『抵抗の証――私は人形じゃない』（「三井絹子60年のあゆみ」編集委員会ライフステーションワンステップかたつむり、二〇〇六年）という素晴らしいご著書があります。

第一一話
「心の病」の「そもそも論」

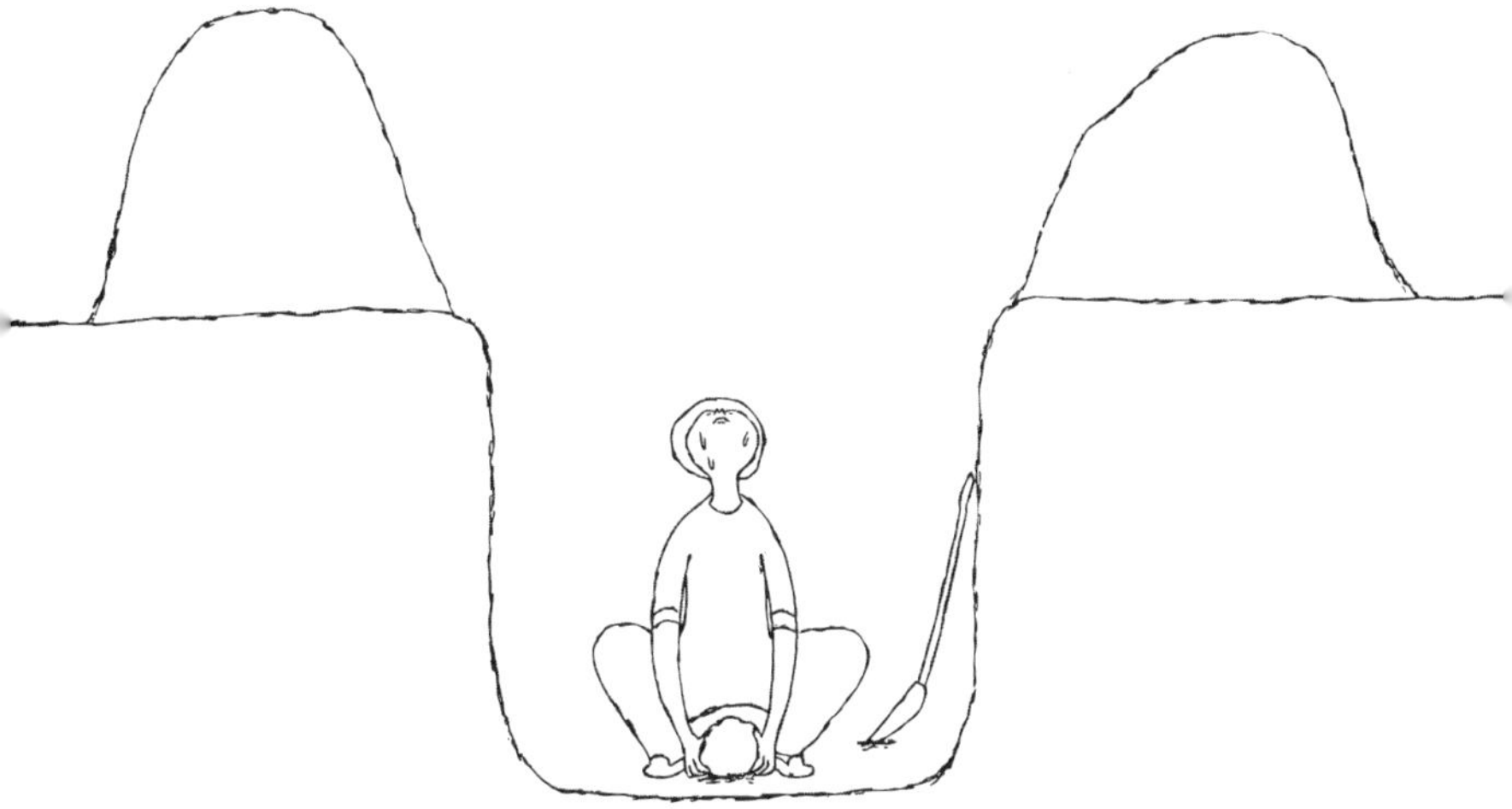

ぼくたちは、もう少し「そもそも論」をした方が良いと思う。きちんと、まっとうな「そもそも論」ができた方が良い。今回は、そんな点について考えてみたい。

経済的に苦しい学生が増えている。教壇に立つ者としての肌感覚でもそう感じるし、各種調査のデータにも如実に表れている。

特に「ひとり親世帯」の困窮度が高い。困窮度の高い学生は、何かアクシデント（親族の病気や失業、人間関係の変化など）があると、学業が続けられなくなってしまうことも多い。学費と生活費を捻出《ねんしゅつ》するために、こちらの想像を超えるアルバイト量をこなしている学生も少なくない。

その人の日常生活を維持するために、その人が果たさなければならない努力の量を仮に「生活負荷」と名付けてみると、昨今の大学生（特に「ひとり親世帯」や「生活困窮世帯」）の「生活負荷」は、もしかしたら史上最大に重いんじゃないだろうか。政治には早急に有効な支援策を講じてほしい。

こうした学生（若者）の「生活負荷」の深刻さは、なかなかどうして上の世代に伝わりにくいところがもどかしい。

こういう話をしても、「大学時代ってのは金がないもんだよ。俺もさ〜（以下略）」といった「大人のホロ苦い思い出（含む自慢）」みたいなものにもみくちゃにされてしまったり、「若いときの苦労は買ってでもするもんだ！」という、タバコの副流煙くらいに迷惑な精神論で煙に巻かれてしまったりする。

もしも「生活負荷」が数値化できるなら（そうしたデータの収集・処理能力がぼくにあれば）、こういうことを言い放つ大人世代と、いまの若者世代とを比較してみたいものだと思う。

いま学生が直面している経済的困窮は、それ以前の世代であれば多くの人が自然に享受《きょうじゅ》していた未来を奪っている。学生たちは、大人になってからホロ苦く思い返せる学生時代を手に入れることさえできなくなってしまうかもしれない。

だから、実態を正確に把握するために、広範な調査と正確なデータが必要だ。そうした客観的指標に基づいて、ぜひとも学生への支援策を講じてもらいたい。

——と言ったところで、やっぱりこうも続けたい。

そもそも、学費の負担、重すぎないだろうか？

こうしたことは、「客観的指標」がなければ社会に訴えちゃいけないのか？

「そもそも論」が機能しない社会は息苦しい

忙しい人たちには、「そもそも論」は好かれない。むしろ嫌われる。

例えば、ぼくがいる教育現場は毎日が不測の事態の連続。そんな中で全力を尽くしているから、「そもそも～」なんて言われると、「そりゃそうだけど、いまそれを言っても仕方なくない⁉」となる。

でも、「そもそも論」は大きな方向性を誤らないために必要だ。これを見失った現場の努力は、時に虚《むな》しいほど的外れになる（東京オリンピック2020の猛暑対策に「打ち水」が出てきて、つくづくそう思った。そもそも、こんな暑い時期に、こんな暑い街でオリンピックやらなきゃいけないのか？）。

「そもそも論」は、使い方次第で毒にも薬にもなる。「そもそも生産性のない人に税金を投入するのは～」みたいに使われると、社会がこわばって息苦しくなる。でも、「そもそも生産性って何だよ！」みたいに使えると、社会のこわばりを問い直すきっかけになる。

誰かを社会から排除するためじゃなく、誰もが社会にいられるように、「そもそも～」と言えた方が良い。

学費の問題もそうだ。そもそも「学ぶ」ことは人権に関わる。「教育を受ける権利」は憲法にも書いてある。「お金がある人しか学べない」なんてことがあってはならない。
だから、まっとうに「そもそも〜」と蒸し返せる人が、社会に一定数いた方が良い。

まっとうな「そもそも論」を言える人は格好良い。この本でも何度か紹介している横田弘さんは、その代表格だろう。

「障害者は不幸」「障害は努力して克服すべき」という考えが常識だった時代に、「なんで障害者のまま生きてちゃいけないんだ!?」と言ったのだから、これは何度考えてもすごいことだ。

横田さんのようにガツンという感じじゃなくても、柔らかに「そもそも」を投げられる人も素敵だ。

ぼくが好きなのは、「就労継続支援B型事業所ハーモニー」（東京都世田谷区）が作っている『幻聴妄想かるた』シリーズ。

精神疾患の中には幻覚や妄想を伴うものがある。かつて精神科医療の現場では、「患者は幻覚や妄想を口にすべきでない」なんて言われていた。でも、これはその幻覚と妄想をかるたにして、みんなで楽しめるようにしてしまったもの。

ときどき引っ張り出して眺めると、「人はそれぞれ違う現実を生きている」と再確認できる。

布団めくるとブラックホール　気づくと土星にいるって、信じられる？（「ふ」の札）

でもね、精神科で悟《さと》りの話をすると入院になるんですよ（「て」の札）

こうした札を読んでいると、「自分が見ている現実こそが『普通』で『正常』なものだ」なんて言うことが、とても傲慢《ごうまん》に思えてくる。

そして、こんな疑問が浮かんでくる。

そもそも「心の病」って何なのだろう？

それは治さなきゃいけないものなのだろうか？

「治す」ことを目指さない場所

「心の病って治さなきゃいけないの？」と書くと、「心の病で苦しんでいる人たちや、治療・療養に励んでいる人たちに対して失礼だ！」と怒られるかもしれない。でも、こうした「そもそも論」の大切さを、ぼくに教えてくれた人たちがいる。

東京都八王子市にある精神科病院・平川病院。そこの一角に、まるで美術大学みたいな空間がある。一九九五年から続いている〈造形教室〉だ。

〈造形教室〉は、精神科病院に入院している人、通院している人、かつて入院・通院していた人たちが来て、絵を描いたり、モノを作ったりする場所だ。画材やキャンバスが所狭しと並んでいて、この一角だけはまったく病院らしくない。ボランティアや学生が手伝いに来たり、それ以外の人がふらりと立ち寄ったりすることも多い。

ぼくも大学院生時代、ここに通っていた。創作活動のお手伝いをしたり、してるふりをしたり、皆の話を聞いたり、逆に聞いてもらったり、隙を見て昼寝をしたりして過ごした。その研究成果（あれを「研究」と言うのであれば……）をまとめた本があるので、興味のある人は手にとって欲しい。[1]

この〈造形教室〉では、「癒《いや》す」というフレーズがよく使われる。一年に一回、定期的に行なわれる名物絵画展の名称も「〝癒し〟としての自己表現展」だ。わざわざ「治す」ではなく、「癒す」と言っているところが重要だ。

1　『生きていく絵――アートが人を〈癒す〉とき』亜紀書房、二〇一三年。

精神科の関係者には、ときどき「病気は治しちゃいけない」なんて言う人がいる。はじめてそうした話を聞いたとき、ぼくは軽く頭が混乱したけど、いまならこの感覚がよくわかる。

「心の病」に関して言うと、「治す」という表現には慎重になった方がいい。

「治す」という言葉には、「悪い部分を取り除く」というニュアンスがある。外科手術の対象になる病気や、抗生物質や抗ウイルス薬が処方されるような症状の場合、「治す」というのはわかりやすい。病気の原因になった「悪いもの」を取り除いて症状をなくすことだ。

では、「心の病」の場合はどうだろう?

「心」は自分の根幹に関わる大切なもの。でも、とてもあやふやなもの。だから「心の病を治す」となると、「自分の心には悪い部分があって、それを取り除いたり、矯正《きょうせい》したりしなければならない」ということになり、少なからず自己否定の要素が入ってしまう。

つまり、「心の病は治さねばならない」と考えすぎると、「治らない自分はダメなんじゃないか」と、更なる自己否定のきっかけをつくってしまいかねないのだ。

それから、「心の病」について突き詰めて考えていくと、「そもそも病んでいるものは何か？」という問題に行き当たる。

例えば、無茶苦茶な職場でハラスメント被害にあっている人がいたとする。学校でいじめられて苦しんでいる子どもがいたとする。家族の歪《ゆが》んだ関係（虐待やネグレクトなど）に悩んでいる人がいたとする。

そうした人が、心身に不調をきたして精神科を受診したとする。医師に診察してもらって、入院したり、療養したり、服薬したりしたとする。その成果もあって、それまで苦しんでいた症状（抑鬱《よくうつ》感など）が軽くなったとする。

でも、その人を苦しめていた職場や学校や家族が、以前のままの状態だったとしたら？

その人は引き続き、そこで生きていかなければならないとしたら？

それは「治った」と言ってしまっていいのだろうか？

そもそも、「心を病む」って、その人の「心」が問題なのだろうか？

むしろ、その人を取り巻く「環境」が問題なんじゃないのか？

その人を取り巻く人間関係とか環境が病んでいて、それが立場の弱い人を通して噴出している、ということもあるんじゃないのか？

でも、それは個人の力じゃどうにもならないんじゃないのか？

それなのに「心を病んだ人」は、「弱い」とか「だらしない」とか言われなきゃいけかないのか？

そもそも、「誰かにとって望ましくないような心の在り方」を指して、「心の病」と呼んでいるってことはないだろうか？

これらもろもろをひっくるめて、「心の病」って何なのだろう？

それが「治る」って何なのだろう？

「癒しブーム」への違和感

平川病院〈造形教室〉は医療施設の中にあるから、ここでの活動も、傍目《はため》からは「リハビリ」とか「芸術療法」のように見える。でも、あの場を必要として、あの場に通ったぼくには、どうしてもそうは思えなかった。もっと深いところで、至極まっとうに、「そもそも『病む』って何だろう？」と考える場だった。

〈造形教室〉が大事にする「癒す」は、「治す」とは異なる。

「癒し」は、昨今の「癒しブーム」の影響で、「ちょっと心地よいこと」という意味で使われているけど、〈造形教室〉の「癒し」はそれとはぜんぜん違う。

例えば、自分の力ではどうにもならないような苦しい境遇に置かれた人がいたとする。

もう「生きること」を諦めたくなるほど、つらかったとする。

でも、自分で自分を支えながら、誰かに支えられながら、何かに支えられながら、なんとか、どうにか、それでも、今日という日を一日、生きていられたとする。

「癒す」というのは、ぼくなりの言葉で翻訳すれば、この「なんとか」「どうにか」「それでも」とつぶやくときの、そのつぶやきにこもった祈りに近い感覚だ。

〈造形教室〉には、そんな思いをアートに込めた人たちが集まって、日々、絵筆を握っている。とても不思議で、とても素敵な空間だ。

そもそも、ぼくらは「病気から回復すること」を指し示す言葉として、「治る」以外の言葉を持ってない。でも、「治る」という言葉には「社会が求める標準体＝健常者に戻ること」というニュアンスが混じっていて、そこがどうしても気になってしまう（そもそも、治らなかったら社会参加しちゃいけないのか？）。

「病気」には、人それぞれのドラマがある。同じように、「回復」にも人それぞれのドラマがある。いろんな種類の「回復」がある。

「症状もきれいさっぱり消えてパーフェクト」という回復もあれば、「症状はなくならないけど、以前よりは良い」とか、「なんとかやっていける」といった回復もある。

「身体は動かなくなってしまったけど、新たな人間関係に恵まれたから、まあ悪くないかな」という回復もあるだろうし、「最悪だった頃と比べれば、まあまあかな」といった回復もあるだろう。これら以外の回復の在り方だって、いろいろと存在するはずだ。

だとしたら、「回復」を意味する言葉も、もっとバリエーションとかグラデーションがあれば良いのに、なんて思う。こうした言葉がもっと豊かになれば、この社会も、もう少し緩やかに、優しくなるような気がする。

第一二話

「生きた心地」が削られる

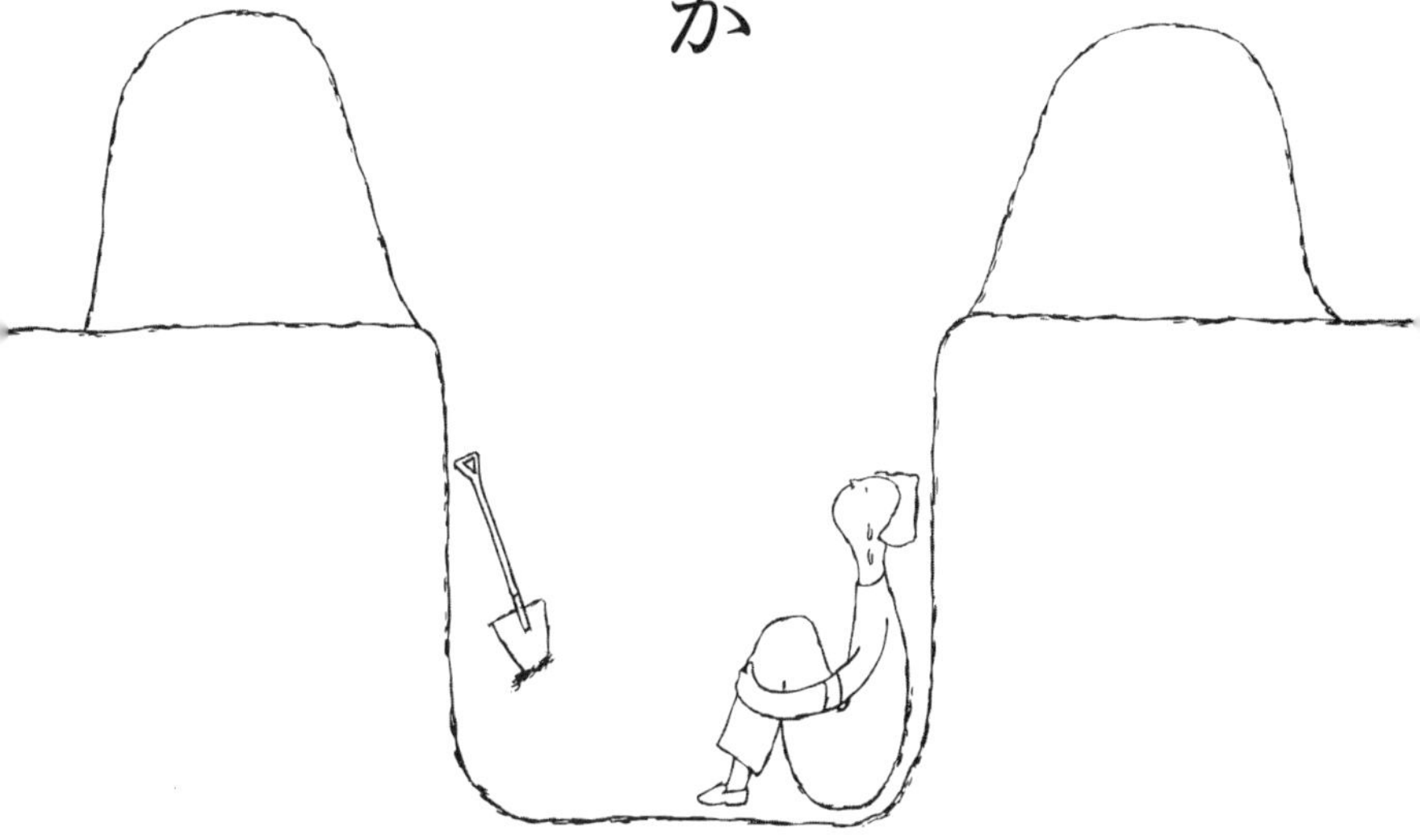

生活保護の受給者が、少し高価な日用品を持っていること。

家事や育児に疲れた母親が、おしゃれなランチで気晴らしすること。

いま、SNSなんかでは、こうしたことにさえ批判が寄せられることがあって、そのたびに気が重くなる。

輪をかけて気が滅入るのは、こうした風潮に反論しようとすると、「少し高価な日用品」「おしゃれなランチ」の必要性や費用対効果の説明を求められること。

でも、人が抱くささやかな願いに、理屈や理由が要るのだろうか。必要性を説明して世間に認めてもらえなければ、人は何かを「ささやかに願う」こともできないのだろうか。

こうした論調に抗うのは、意外にむずかしい。「ささやかな願い」は「ささやか」なだけに、それを守るために闘うよりも、諦めてやり過ごしてしまう方が楽だからだ。

でも、こうした小さな諦めが積み重なった社会は、どうなっていくのだろう。なにか不気味なことが待っているように思えて仕方がない。

「生きた心地がする思い」

一度使ってみたいと思っている慣用表現に、「生きた心地がしない」がある。〈恐ろしさで生きている感じがしない〉（『大辞泉』）という意味だけれど、なかなか巧く使えずにいる。そんな恐怖は味わいたくないから使う機会がないのだ。

ただ、ぼくはこの「生きた心地」というフレーズが妙に気に入っている。なんというか、「いまという時間を生きている」というささやかな感覚を、それほど力まず意識させてくれるように思うのだ。

いっそのこと、「生きた心地がする思い」という慣用表現があればいいのだけど、いまのところはないらしい。でも、言葉は生き物だから、使い続けていれば世間に定着して、そのうち辞書にも載るかもしれない。

「生きているという感覚」を意識して表現しようとすると、ぼくらはついつい「生の喜びを享受する」とか、「我が身に流れる熱き血潮《ちしお》が」とか、無駄に気負った言い回しをしてしまう。

でも「生きること」は、多くの人が無意識にしていること。普段のことであり、日常のこと。だから「生きているという感覚」も、できれば気負わずに表現したい。

その点、「生きた心地がする」は、「生の喜び」や「熱き血潮」よりも、ささいなことに泣いたり笑ったり怒ったりするような感覚を言い表していると思う。喩えるなら「刻《きざ》まれたおでんに腹を立てる」ような感覚だろうか。

変な喩えをしてしまったけど、これには、ぼくの個人的な思い出がある。実際、刻まれたおでんに腹を立てた人がいたのだ。障害者運動家の花田春兆さん（一九二五〜二〇一七年）だ。

春兆さん（と長らく呼ばせてもらっていた）は、日本の障害者運動の原点みたいな人で、内閣府障害者施策推進本部参与や日本障害者協議会副代表といった公職を歴任した、業界の長老だった。

肩書きはお堅いのに人柄は柔和《にゅうわ》で、重い障害（脳性マヒ一種一級）があるけど、好奇心と行動力に溢れていた。多才な人で、著名な俳人《はいじん》でもあったし、「障害者の歴史」をライフワークにした著述家でもあったし、一時期大学の教師もしていた。愛妻家でもあって、父でもあって、祖父でもあって、とにかく多面的な人生を生き抜いた人だった。

二〇代後半の約四年間、ぼくは春兆さんの「私設秘書」のようなことをしていた。こう書くと格好いいけれど、実質的には「弟子」とか「かばん持ち」とか「使いっ走り」のような立場。どこに行くにも後ろをついて回っていた。

ある日、春兆さんが入居していた特別養護老人ホーム（特養）を訪ねると、いつもと少し様子が違う。なんだかこう、あまり機嫌がよろしくないのだ。その日、予定していた外出を終えて雑談をしていたところ、春兆さんがこんなことを言いだした。

「刻まれたおでんは、おでんじゃないよな」

どうやら、特養の食事で出てきたおでんが刻まれていたようで、それが納得できなかったらしい。

普段は天下国家を論じる人の、人間味溢れる一面を垣間見た気がして、思わず吹き出しそうになったけど、でも、確かに真理をついた言葉でもある。

そのあと、ぼくらは行きつけの居酒屋へと繰り出した。某有名大学に近い、格安のチェーン系列のお店。春兆さんも愛用の電動車椅子ごと入っていって、大きなアナゴの天ぷらをバリバリと平らげていた。

ご本人はその時、確か八〇歳をいくつかまわっていたはず。いくつになっても、「美味しい」「楽しい」「嬉しい」を、満面の笑みで表す人だった。

介護現場の難問

少し、おでんの事情を説明しておこう。

特養では、介護を必要とする高齢者が生活している。中には歯が悪い人や、食べものを呑み込む力が衰えてしまった人も多い。

だから、食事の際は食べやすさを考慮して、具材を小さく刻んだり、呑み込みやすいようにとろみをつけたり、という配慮がなされる。春兆さんに提供されたおでんも、そういった事情で刻まれていたのだろう。

ただ、そうはいっても、おでんのホクホクとした食感を味わいたいのも人情だ。長らく施設で生活していると、どうしても生活が単調になる。淡々と流れる一日の中で、食事は大切な節目だから、それなりに楽しみたいという人がいるのも当然だ。

でも、入居者の中には認知症が進んだ人もいるし、身体の自由が利《き》かない人もいる。食事の介助に職員の手が回らないこともある。そもそも誤嚥《ごえん》が恐ろしいことなど、介護現場では基本中の基本だ。

そうだとしても、中にはまだ歯がしっかりしている人がいるのも事実で、そうした人は普段から、ある程度かたちのあるものを食べておかないと、すぐに咀嚼《そしゃく》力も嚥下《えんげ》力も落ちてしまう。だから、日々の生活の、ちょっとしたことの積み重ねで、身体機能を維持していくことも大切だ。

——という具合に、いま頭に浮かんだ範囲で「おでんを刻むこと」への賛否を書いてみたけれど、この問題、実はなかなか解決のつかない難問かもしれない。

「おかずを刻んだら美味くない」という入居者に、「そう言わずに食べてください」と返す職員。こうしたやりとりは、もしかしたら、あちこちの施設で起きているかもしれない。職員さんは不測の事態が起きないように刻むのだろうけど、入居者が温かいものを美味しく食べたいと思うのも自然な欲求で、それ自体はとてもよくわかる。

本来であれば、一人ひとりの入居者に合わせて、それぞれ刻んだり、刻まなかったりするのが良いはずだ。でも、ご本人がどれだけ咀嚼・嚥下できるのか、丁寧に観察し、適切に対応する余裕のない施設もあるだろう。

特に人手不足に悩まされる施設では、「一人ひとりと向き合う」ことが、理念として大事なことはわかっていても、現実としてむずかしいこともあるだろう。入居者の安全に責任を負う職員としては、絶対に事故を起こしてはならないからこそ、少し過剰に思えても予防的な措置をとらねばならないこともある。

そうなれば、おでんは念のために刻んでおかれることになる。とりあえず全員分を刻んでおけば、誰にどの皿を提供するかという手数も省けるし、配膳《はいぜん》ミスによる不測の事故も起こりにくくなる。

でも、誰かに対して、こうした先回りした配慮や予防的措置を重ねることが、当人の気持ちを傷つけてしまうこともある。一個人である「○○さん」として扱われず、「注意が必要な高齢者」と括られてしまうことに抵抗感を覚える人もいる。

特に春兆さんは、「自分の意思」を大事にする人だったから、「食べられるか食べられないかは自分に判断させてほしい」という思いがあったはず。

とはいっても、春兆さんは百戦錬磨《れんま》の運動家。言うべきことは言うけど、現場で忙殺されている職員さんを追い詰めるようなことはしない。むしろ、介助者・介護者をめぐる深刻な社会問題（人手不足・長時間労働・低賃金）を案じていた人だったから、職員さんを大事にしていたし、職員さんからも慕われていた。

それでも、やっぱり食べたいものを食べたかったのだろう。だから、ぼくのような「弟子」を引き連れて、「飲みに行くぞ！」と憂《う》さを晴らしたのだと思う。

「仕方がない」が切り捨てるもの

「美味しいものを美味しく食べたい」というのは、本当にささやかな欲求だ。「生きた心地がする」というのは、まさに、こうした欲求が得られた時の感覚なのだろう。

でも、世間は時に、こうした感覚にさえ規制をかける。

自分でできないのだから。

万が一のことが心配だから。

他人様のお世話になっているのだから。

だから、「おでん」を刻まれるのは仕方がない。

——という具合に。

そして、多くの人は、こうした時に「諦めてくれる人」のことを「思慮《しりょ》深い」とか「わがままでない」と評価しがちだ。

確かに、「諦め」は集団生活を円滑にするし、保護者や管理者を困らせない。でも、一度強いられた「諦め」は、更なる「諦め」を引き寄せる。

今回の文章を読んで、「おでんくらい、どうでもいいじゃないか」と思った人もいるだろう。でも、おでんがどうでもいいとされたら、その次は何が「どうでもいい」とされるのだろう。きっと、おでんに続く何かが「どうでもいい」とされてしまうはずだ。

淹《い》れ立ての香ばしいコーヒーを飲みたい。

四季折々のきれいな花を愛《め》でたい。

天気の良い日は外に出て、気持ちいい風に吹かれたい。

こうしたことも「どうでもいい」とされてしまうかもしれない。こんな「どうでもいい」が積み重なったら、そのうち、生きていることも「どうでもいい」とされてしまう。


さすがにそれは大げさじゃないか、と思われるかもしれない。でも、春兆さんは大正生まれ。戦前戦後の動乱を生きて、この国やこの社会が障害者に対して何をしてきたのかを自分の目で見てきた人だ。

障害者にとっては、何かを願うことさえ反抗的とされることがある。「生きた心地」を味わうことさえ闘いになることがある。差別や抑圧は、何気ない日常が舞台となって、平凡な「生きた心地」が犠牲になる。春兆さんは、そのことを骨の髄《ずい》まで知っていた。

だから、「刻まれたおでんは、おでんじゃない」という一言は、単なる愚痴やわがままだとは、ぼくにはどうしても思えないのだ。

やっぱり、あれはひとつの抵抗の言葉だったのだろう。自分の中の「生きた心地」を削られないための抵抗の言葉。飄々《ひょうひょう》とした身振りで「抗いの言葉」を繰り出せるのは、春兆さんにとって、それだけ「生きること」と「闘うこと」の距離が近かった証拠だろう。

冒頭に書いたような、ささやかな願いにさえ牙を剝くような風潮。戦争を知る春兆さんなら、きっと、猛烈に怒るはずだ。

もんぺを履《は》かないだけで「非国民」と罵られたり、「贅沢《ぜいたく》は敵だ」というスローガンが街に溢れたり、そんな時代と変わらないじゃないか。たぶん、そう言って激怒すると思う。「非国民」「贅沢は敵だ」という言葉を吐く人の、同じ口から「(障害者は)米食い虫」「生きているだけで贅沢」という言葉が出てきたのだから。

こうして「生きた心地」を削る言葉が溢れたら、社会はどうなっていくのだろう。そんな社会は、きっと生きた心地がしないだろう。

第一三話

「生きるに遠慮が要るものか」

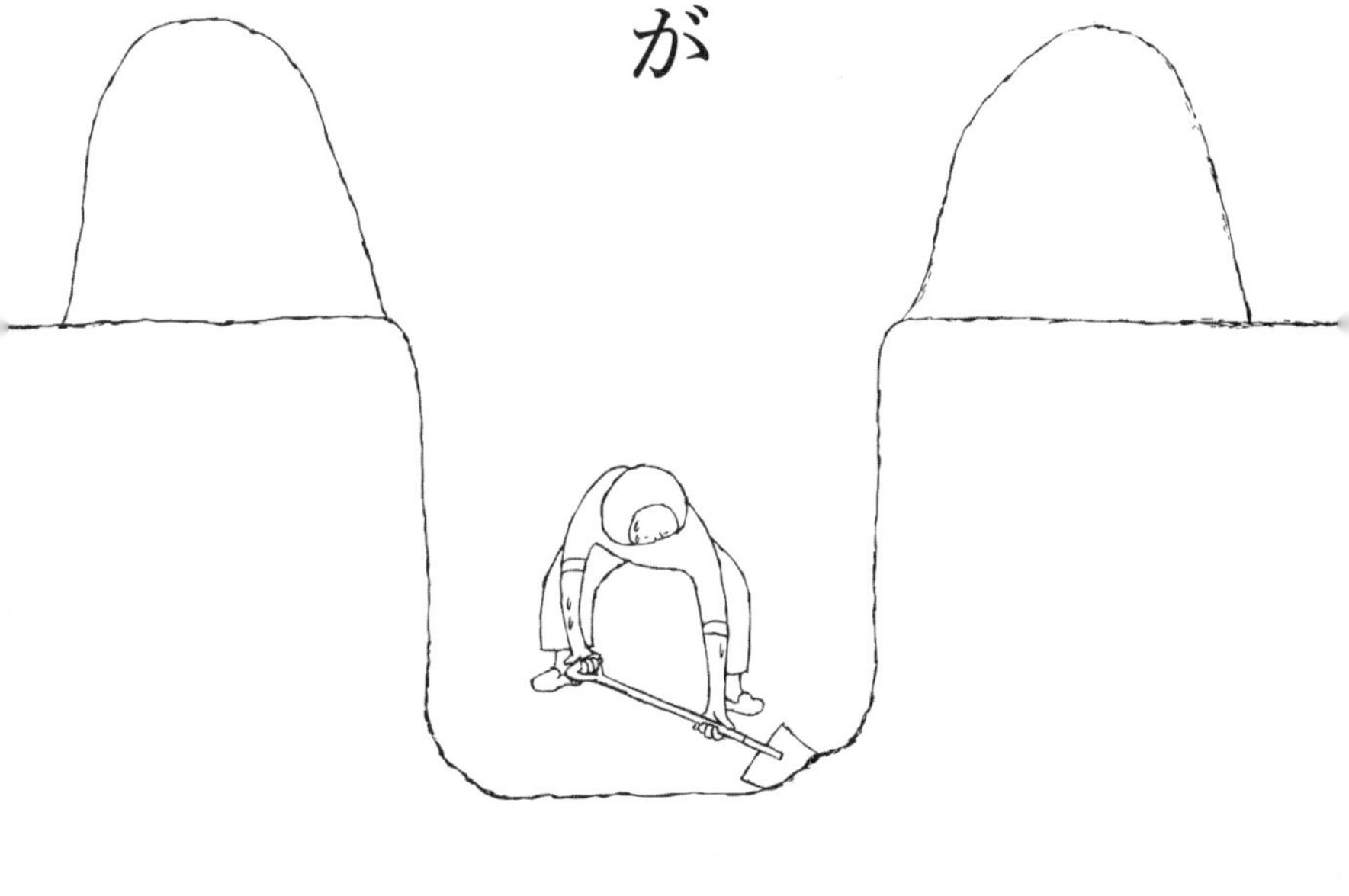

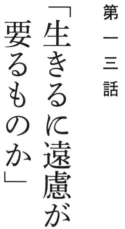

いまひとつ釈然《しゃくぜん》としない表現に「遠慮するなよ」がある。

上司や先輩から言われたり、友だち同士でも言い合ったりするありふれた表現だけれど、冷静に考えてみると腑《ふ》に落ちない。

というのも、「遠慮」というのは自発的に「する」より「させられる」ことの方が多い気がするのだ。

「いったい誰に?」と問われると、むずかしくて返答に困る。「そのとき目の前にいる人」とも言えるし、もっと広く「人は遠慮するのが望ましい」とか「出過ぎた真似はしたない」とかいった文化や風潮のようなものとも言えるから、明確な相手を名指しにくい。

それでも「遠慮」はたいてい、積極的に「する」わけではなく、ある種の圧力によって「させられる」ものだと思うのだ。

人に遠慮をさせる有形無形の力のことを、ぼくは「遠慮圧力」と呼んでいる。普段はそれほどストレスにも感じないし、感じたとしても舌打ちする程度で済むけれど、特定の人たちにはそれが猛威を振るうことがある。

そのことを教えてくれたのは、前話で紹介した花田春兆さん（脳性マヒ者・文筆家・障害者運動家）の俳句だった。

初鴉《はつがらす》「生きるに遠慮が要るものか」

花田春兆句集『喜憂刻々』文學の森社、二〇〇七年

この句について、少し解説しておこう。

〈初鴉〉とは「元旦《がんたん》」を表す季語のこと（ちなみに「元旦」は元日の朝、「元日」は一年の最初の日）。季語というのは、ご存じの通り〈季節を表すために詠み込むことを定められたことば〉（『明鏡国語辞典』）のことで、俳句にはこれを入れなければならないというルールがある。

実は、カラスは季語の中に入っていない。というのも、この鳥は一年中どこにでもいるので、季語にしてもらえないのだ。それでも、年の初めのおめでたい日だけは格上げされて季語として扱ってもらえる。

ただし「元旦」の季語なので時間限定。普段は街でのさばるカラスも、俳句の世界では肩身が狭いらしい。

厄介者扱いされることの多いカラスが、季語として扱ってもらえる一年の第一声。この句は、そんなカラスの一鳴きを〈生きるに遠慮が要るものか〉という日本語（人間語）に翻訳しているわけだ。

ふてぶてしく強がってみせるカラスの、その強がりの裏に一抹の寂しさが透けて見える。「天邪鬼《あまのじゃく》」を自称した反骨の俳人・花田春兆の面目躍如《めんもくやくじょ》たる一句だ。

ところで、この〈生きるに遠慮が要るものか〉というフレーズに、ぼくは言いようのない重みを感じてしまう。というのも、この表現は、生きることに遠慮を強いられた経験がなければ思いつかないものだからだ。

いま、この文章を読んでいるあなたは、「生きること」に遠慮を強いられたことがあるだろうか。「遠慮圧力」に殺されかねない恐怖を感じたことがあるだろうか。

この句を詠んだ春兆さんは、それを経験した人だった。

「人間」扱いされなかった人たち

春兆さんは一九二五（大正一四）年生まれ。二〇一七年に逝去《せいきょ》するまで現役を貫いた障害者運動の最長老だった。

一九四七（昭和二二）年、春兆さんは『しののめ』という同人誌を創刊した。障害者自身の手で編集・発行された画期的な雑誌だった。

当時、障害者のいる家は、障害者の存在を隠してしまうことが多かった。ときには「座《ざ》敷牢《しきろう》」のように、家の奥深くに押し込めていた。だから、障害者が障害者と出会うことは、いまから考える以上に大変なことだった。

そんな時代に春兆さんは、この雑誌を通じて障害者同士の出会いを演出していった。こうした地道な活動から、あの有名な「青い芝の会」（第五話）が生まれることになる。

ぼくは春兆さんの「私設秘書（付き人）」のようなことをしていたから、お若い頃の思い出話をよく聞かせてもらった。

例えば、春兆さんが幼かった頃のこと。雪の舞う寒い日、いつも通りに学校へ向かうと周囲の様子がどうにもおかしい。銃を担いだ兵士たちが慌ただしく走り回っている。学校に着くや、先生からは「急いで帰れ」との指示。どうやら青年将校によるクーデター「二・二六事件」（一九三六年）だったとか。

春兆さんが通っていたのは、障害児のために開設された「東京市立光明《こうめい》学校」（現在の「都立光明学園」の前身）。この学校が所在していた麻布には、事件に関わった「歩兵第三連隊」の兵舎があったのだ。

この凄惨な事件と前後して、それまでは割と平穏だった光明学校にも、苦難の時代が訪れることになる。アジア太平洋戦争がはじまると、ただでさえ肩身の狭い障害者たちは、兵力や労働力になれないということで「人間」として扱われなくなっていく。

当時の光明学校長・松本保平先生は、障害児教育に人生を捧げた偉大な人物だった。でも、その松本校長も、視察に来た教育者たちから「非国民」となじられている。国家が非常時にもかかわらず、障害児にこんな手間暇かけるとは何事か、と責められたのだ。[1]学校の先生が障害児に誠心誠意向き合う。そのこと自体が「非国民」扱いされる。そうした空気の中、当の障害児はどんな目で見られていたか。まさに推して知るべしという感じだろう。

光明学校の子どもたちは戦争末期、長野県の上山田温泉に疎開《そかい》している。この疎開先では、軍部から青酸《せいさん》カリが渡されたという話が伝わっている。もちろん、何か起きたときのための「処置用」だ。

松本校長は、この青酸カリのエピソードを否定していたようだけれど、疎開経験者の中ではまことしやかに語り継がれていた。当時は光明学校を卒業して軽井沢に疎開していた春兆さんも、この件については何人もの仲間たちから聞いて、事実に違いないと確信していた。

「鬼畜米英」「撃ちてし止まん」といった荒々しい掛け声に混じって、障害者たちは「米食い虫」「非国民」と罵られていた。敵を罵る社会は、身内に対しても残酷になる。松本校長をなじった教育者たちのように、「役に立たない人」を吊し上げることが「愛国表現」だと勘違いするような人たちが出てくるのだ。

このエピソードを思い返すたびに、最も安易でたちの悪い「愛国表現」は、その場の空気に乗じて反撃できない弱者を罵ることだと痛感する。

こうした時代、障害者たちはどれほどの「遠慮」を強いられたのだろう。春兆さんは、それを肌感覚で知っている人だった。

最も身近な敵は親である？

「二・二六事件」に筆が及んだので、思わず戦時中の話に力が入ってしまった。でも、極端な社会状況になると「遠慮圧力」も極端なかたちで表面化するというだけのことで、障

1　障害者の太平洋戦争を記録する会（代表・仁木悦子）編『もうひとつの太平洋戦争』（立風書房、一九八一年）参照。

害者が「生きることへの遠慮」を強いられるのは、いつの世も見られる。

もちろん、「遠慮」にもいろいろ種類がある。世の中・世間様・お国といった漠然とした対象に向けたものもあれば、家族・友人・介助者といった具体的な個人に対するものもある。

老若男女、障害や病気の有無にかかわらず、「遠慮」をまったく感じないでいられる人は現実的にはほとんどいない。だから、みんなが、どこかで、誰かに「遠慮」している。

それでも、障害や病気がある人の「遠慮」は、場合によっては命に関わる。日常生活の多くで人手に頼るわけだから、介護者との関係次第では「ご飯を食べたい」とか「トイレに行きたい」といったことさえ「遠慮」してしまうことがある。

この本でも何度か紹介した障害者運動家・横田弘さんも、実家での家族介護に限界を覚えた心情を詩に託している。


生きると云《い》う／生存すると云う　或《ある》いは食事すると云う／そんな簡単な事を苦痛に感じなければならないような／そんな生活はいやなのです／もう

沢山です

「老いた父に」『しののめ』一九六五年一月号（部分）

横田さんは家族（父親）に〈もう沢山です〉と言えたけど、そうは言えない人もいる。横田さんと同じ障害（脳性マヒ）の男性は、次のような詩を詠んでいる。

母よ／不具の息子を背負い／幅の狭い急な階段を／あえぎながら這い上がる
母よ／俺を憎め／あなたの疲れきった身に／涙しつつかじりついている／この俺を憎め

比久田憂吾「母にむかいて」『しののめ』一九七〇年一二月号（部分）

この詩が詠まれた当時、障害者の介護は身内が引き受けることが多かった（いまでもそうすべきと考えている人は多い）。社会・世間・他人様に迷惑をかけないように、身内が黙って引き受けることが美談とされた（こうした考えはいまだに根強い）。でも、そうした「遠慮」は巡り巡って、積もり積もって、障害者本人を追い詰める。結果、この詩では自分を介護する母親への罪悪感がこじれにこじれて、〈俺を憎め〉という段階にまで来てしまっている。

日本の障害者運動には、「最も身近な敵は親である」という主張があった。障害者の親は、「我が子が世間に迷惑をかけないように」と思い詰めて、子どもを自分一人で抱え込んでしまうことがある。そうした思いが、「この子を残して死ねない」という義務感にまで高まって、親子心中や障害児殺しという最悪の結末に至ることもあった。

この閉塞感から抜け出さないと、親も障害者も生きていけない。横田さんの盟友だった横塚晃一（一九三五～一九七八年）も、次のような言葉を残している。

泣きながらでも親不孝を詫《わ》びながらでも、親の偏愛をけっ飛ばさねばならないのが我々の宿命である。

『母よ！殺すな』すずさわ書店、一九七五年

「遠慮圧力」の男女差

こうした障害者の中でも、特に重い「遠慮圧力」がかかってしまう人がいる。女性だったり、国籍がちがったり、お金がなかったり、という人たちだ。

例えば、かつて女性障害者に対して、子宮の摘出《てきしゅつ》手術が強いられることがあった。主な理由は月経時の介助を軽減するため。生理現象でさえ「遠慮」させられていたということなのだろう。

実際に摘出手術を受けた女性（脳性マヒ）は、次のような短歌を残している。

メンスなくする手術受けよとわれに勧むる看護婦の口調やや軽々し
女などに生まれし故と哀しみつつ子宮摘出の手術うけ居り
長田文子『癒ゆるなき身の』東雲《しののめ》発行所、一九六一年

〈女などに〉の〈などに〉の語感が悲しい。女性が女性に生まれたことを悲しむ社会には、壮絶な女性差別が存在している。

きっと、この人にも「女性らしく、迷惑をかけず、慎《つつし》み深く、控え目であれ」という「遠慮圧力」がのしかかっていたのだろう。その一方で、子宮摘出というかたちで「女性であること」は否定されていたのだろう。そうした「引き裂かれた痛み」が、この三一文字に凝縮している。

「遠慮」は、場合によっては死にさえ至る。最後に、もう一例だけ加えておこう。

ALS（筋萎縮《きんいしゅく》性側索硬化《そくさくこうか》症）という難病がある。病気の進行とともに身体が動かなくなり、最終的にはまったく身体を動かせなくなる。自発呼吸もできなくなるので、生き続けるためには人工呼吸器を着け、二四時間の介助が必要になる（それでも街中で自分らしく生きている人たちはたくさんいる。そのことは知っておいてほしい）。

この人工呼吸器の装着率には男女差が見られるという報告がある。男性が高く、女性が低いのだ。[2] こうした点にも、ぼくは、女性に重くのしかかる「遠慮圧力」を感じてしまう。

「遠慮」が誰かを殺すとき

世の中には「死に至る遠慮」があるし、「死へと導く遠慮圧力」がある。命春兆さん世代の障害者は、とにかく「遠慮すること」を徹底的に刷り込まれてきた。命を削ってでも「遠慮すべきだ」と教えられてきた。日本の障害者運動が最初に闘ったのは、まさにそうした「遠慮圧力」だった。

だから、〈生きるに遠慮が要るものか〉というフレーズは、障害者運動の真髄だとさえ言える。

「みんな、それなりに遠慮しているのだから、障害者も弱者なんていう言葉にあぐらをかかず、もっと遠慮するべきだ」

いまでも、こうした意見を持つ人がいる。ネットにも、同様の書き込みはよく見られる。でも、この世の「遠慮圧力」は、みんなに等しく均一にかかっているわけではない。やはり、どこかで、誰かに、重くのしかかっている。

2　酒井美和「ＡＬＳ患者におけるジェンダーと人工呼吸器の選択について」『Core ethics（コア・エシックス）』No.8、二〇一二年。

自分たちが生きる社会の中で、「生きること」そのものに「遠慮」を強いられている人がいることを想像してみてほしい。「遠慮圧力」が、ときには人を殺しかねないことを想像してみてほしい。

確かに、ある程度の「遠慮」は美徳かもしれないけれど、誰かに「命に関わる遠慮を強いる」のは暴力だ。多くの人は「遠慮で人が死ぬ」とは思っていない。でも、マイノリティにとって「遠慮が死因になる」ことは、現実に起こりうる恐怖だ（こうしたことは生活保護の現場でも起きている）。

残念なことに、どれだけ言葉を重ねても、「そんな想像などできないし、したくない」という人たちはいる。そうした人たちと向き合うたびに、障害者運動家たちが闘ってきた「マジョリティの他人事感覚」の壁の厚さに、ぼくは気が遠くなる思いがする。

第一四話

「黙らせ合い」の連鎖を断つ

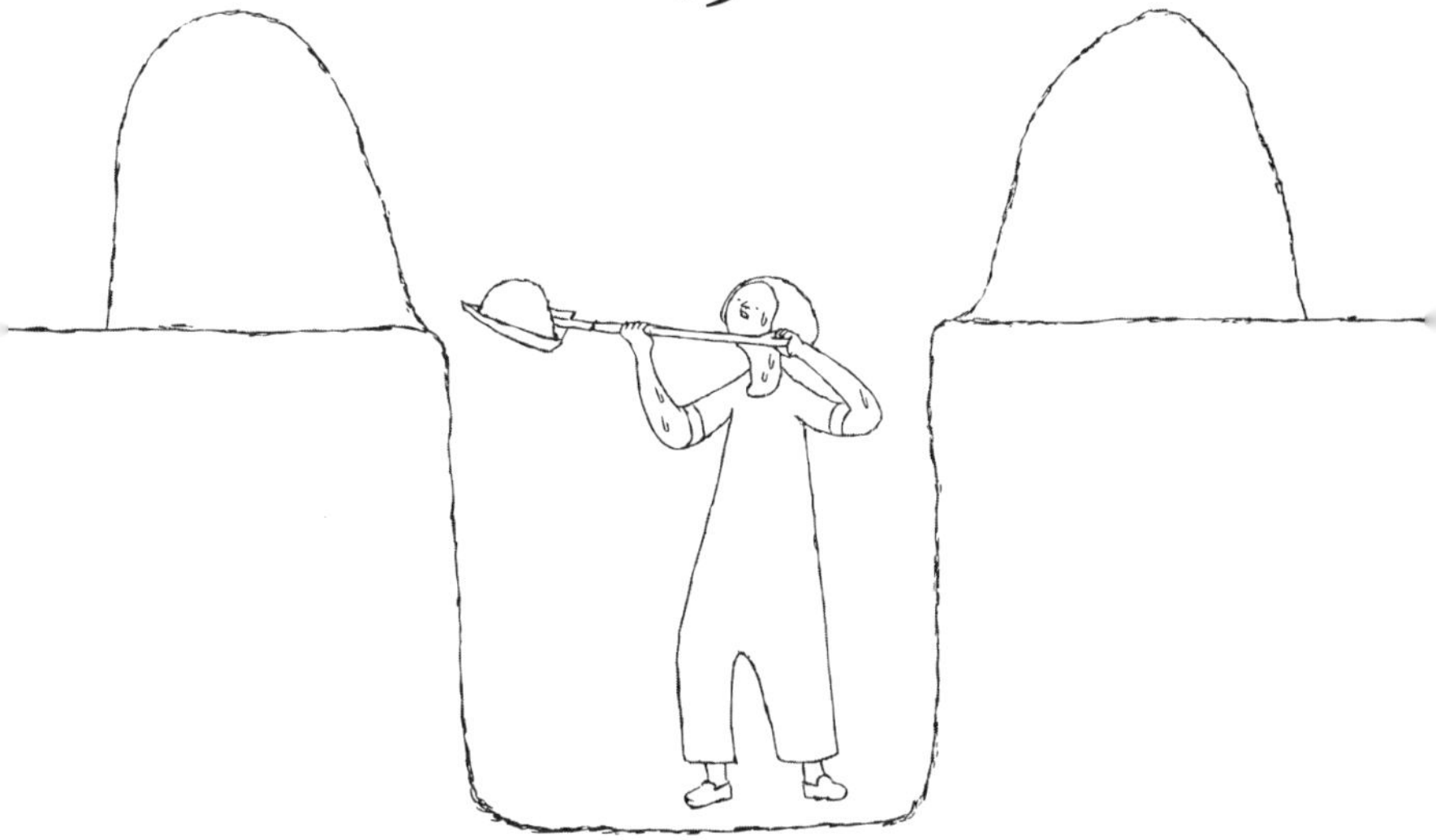

先日、買い物帰りに自転車をこぎながら近所の公園を通り過ぎたときのこと。ときどき顔を見かける子ども（たぶん小学三年生か四年生）が公園管理室の玄関の柱によじ登っていた。なかなか身体能力の高い子らしく、そのまま屋根に上がらんとする勢いだったので気になって、「おーい、危ないからやめときな〜」と声をかけたのだけれど、当人から返ってきた言葉に驚いた。

「別にいいんだよ、ケガしても自己責任だから」

まだ一〇歳かそこらの子どもの口から、自分のケガ（のリスク）について「自己責任」という言葉が出てきて、決して大げさじゃなく腰が抜けそうになった。たぶん、親御さんが「ケガしても自己責任だからね」としつけているのだろう。

余所《よそ》様の家庭の教育方針をとやかく言うのはあんまり褒められたことじゃないとは思いつつ、いちおう「ケガしても自己責任って納得しても、ケガが治るわけじゃないからね」とは伝えておいたけれど、なんだかモヤモヤがとまらなかった。

もちろん、子どもは身も心もケガを重ねて大きくなるし、ぼく自身「ケガしないような遊びなんか面白くない派」の少年だったので、多少危なっかしいことは必要だとさえ思っている（いまもぼくの左手首にはナイフでざっくり切った跡が残っている）。

でも、子どもが危ないことをしてケガするのは、その子の「自己責任」なんだろうか？

子どもが危ないことをしていたら、それを気にして声をかけるのは「大人の責任」じゃないのか？

どこまでが許容できる範囲で、許容できないラインはどこからなのか？

こうしたことは、きちんと教えてあげなきゃいけないんじゃないか？

なんてことを、ぶつぶつと呟《つぶや》きながら自転車をこいで帰った。


それにしても、どうしてあの子はあんなにはっきりと「別にいいんだよ、ケガしても自己責任だから」と言い放ったのだろう。声音の妙な力強さがなんだかとても気になった。

これはぼくの憶測だけれど、あの子の中では一種の論理転換のようなことが起きていたのかもしれない。親が子に「ケガしても自己責任」と言うことは「親は子のケガを問題として取り合わない」ということで、そのことをあの子は「ケガしても問題ではない」と受け止めたのかもしれないし、場合によっては「ケガしても問題（痛みや後遺症）は起こらない」とさえ考えていたかもしれない。

ともすると、子どもは自分のケガや痛みより、親の感情や機嫌を大事にしてしまうことがあるから、そんな転換が起きることもありえるだろうな……なんて思うと、更にモヤモヤがとまらなかった。

いまから思い返してみても、やっぱり子どもがすることに関して、大人は完全に無関係というわけにはいかないんじゃないか、という気がする。もし仮に子どもが危ないことをしてケガしたとして、ぼくら大人はどう考えるべきか。きちんと事前にリスクを説明できただろうかとか、まだ目を離すべきでないところまで離してしまったんじゃないかとか、多少なりとも大人に跳ね返る部分があるし、あってよいし、あるべきだと思う。

「自己責任」という言葉は、そうした「跳ね返り」を一切認めないような冷たさがある。そもそも、子どもに一切の責任を負わせてしまって本当にいいのだろうか……。

それにしても、「自己責任」という言葉は子どもの遊びの場にまで浸出してきたのか……。

「自己責任」の不気味さ

社会問題を考える文学者として、いま、ぼくが一番警戒レベルを上げている言葉のひとつが「自己責任」だ。

この言葉、昔から用例がないわけじゃないけど、現在のようなかたちで、現在のように頻繁に使われ出したのは、二〇〇四年の「イラク邦人人質事件」がきっかけだった。

イラクの武装勢力に拘束《こうそく》された邦人を救出するために、多額の費用と労力がかけられた。

そのことへの批判が、危険地帯へと「自らの意思」で赴《おもむ》いた当人たちへと向けられた。特に政府要人や国会議員からこの言葉が発せられ、一般の人々もその尻馬に乗って壮絶なバッシングが起きた。

結果的に、同年の「流行語大賞」トップテンに入るほど「自己責任」が世間に溢れた。当時の状況は、概してこのようなものだったと記憶している。

最近でいえば、シリアで拘束されていたジャーナリスト・安田純平さんが解放された際にも、この言葉が飛び交った。

すでに多くの識者から、「自己責任論」の危険性や誤りが指摘されている。ぼくも二〇〇四年当時から、この言葉に対しては妙な不気味さを感じていたのだけれど、なんだかその気味悪さがますます色濃くなってきたように思う。

ぼくは「自己責任」という言葉に、おおむね次の三点において不気味さを覚えている。

一つ目は、「人質事件で騒がれた時から意味が拡大し過ぎている」という点だ。実際、この言葉はありとあらゆる「社会の在り方を問う場面」に飛び火しつつある。

例えば、女性が性暴力の被害に遭うのも「自己責任」。

不安定な雇用形態で働くことを強いられるのも「自己責任」。

病気になるのも「自己責任」。

貧困状態に陥るのも「自己責任」。

仕事と育児の両立に苦しむことも「自己責任」。

社員への人権侵害が横行する企業に入ってしまったのも「自己責任」。

老後の蓄えがないのも「自己責任」。

これまでも、病気・貧困・育児・不安定な雇用などで生活の困難を訴える人が、「甘え」「怠《なま》け」といった言葉でバッシングされることはあった。でも、近年では、こうした場面にも「自己責任」が食い込んできた。

そういえば、原発事故で「自主避難」を強いられた人たちのことも「自己責任」と言った大臣がいた。[1] 被災や避難が「自己責任」だとしたら、次はどんなことが「自己責任」とされるのだろうか。

国家の債務不履行（デフォルト）が起きても「国民の自己責任ですから」なんて言われたりして（この国は戦争に負けても「一億総懺悔《ざんげ》」と言ったくらいだから、ありえるかもしれない……）。

二つ目は、「自己責任」が「人を黙らせるための言葉」になりつつある、という点だ。

社会の歪みを痛感した人が、「ここに問題がある！」と声を上げようとした時、「それはあなたの努力や能力の問題だ」と、その声を封殺《ふうさつ》するようなかたちで「自己責任」が湧き出してくる。

これは喩えるなら、老朽化した建物で誰かが床板を踏み抜いてケガしたとして、建物の補修や改修を考えようとするのではなく、ケガした当人を「不注意だ」「歩き方が悪い」と罵ってお終いにするようなものだ。

三つ目は、この言葉が「他人の痛みへの想像力を削いでしまう」という点だ。「自己責任」という言葉には「自らの行ないの結果そうなったのだから、起きた事柄については自力でなんとかするべき」という意味が込められている。「自己責任論者」からすれば、この社会で何か痛ましい出来事が起きたとしても、それは他人が心を痛めたり、思い悩んだりする必要はない、ということになるのだろう。いまでも、性暴力も貧困も病気も育児も被災も、どれも「自分に起こりえること」だ。

1　二〇一七年四月四日、復興大臣（当時）だった今村雅弘は、閣議後の会見で、避難先から帰れない自主避難者に対して〈本人の責任でしょう。（不服なら）裁判でも何でもやればいいじゃないか〉と発言した（参考「帰れない原発自主避難者、復興相『本人の責任』撤回せず」『朝日新聞』二〇一七年四月五日、朝刊三四頁）。

は他の誰かの身に起きていることかもしれないけれど、いつ自分や、自分の大切な人に起きてもおかしくはない。

にもかかわらず、「自己責任」という言葉は、そうした感覚を削いでしまう。使えば使うほど、「他人の痛み」への想像力を削いでいくように思うのだ。

声を上げる人たちは「特別」なのか

こうした言葉が社会に降り積もっていけば、ゆくゆくは、社会問題を告発しようとして、勇気を出して声を上げる人がいなくなってしまうのではないか。そんなことを危惧している。

しばしば、「社会問題を告発する人」は、特別な人で、選ばれた人で、勇気のある人だと考えられている。確かに、「社会問題を告発する」というのは勇気の要ることなので、そうした声を上げる人たちが特別に見えることはある。でも、「声を上げる人たち」が、はじめから特別であるということはない。

少しだけ歴史を振り返っておこう。

戦後の障害者運動は、ハンセン病療養所や結核療養所からはじまった。特にハンセン病患者たちの「らい予防法闘争」(一九五三年)と、結核患者だった朝日茂《しげる》が起こした「朝日訴訟」(一九五七年提訴)は、人権闘争の先駆的な事例だ。

この「らい予防法闘争」に尽力した人物に、森田竹次《たけじ》(一九二〇〜一九七七年)という人がいる。戦前から療養所の中で言論活動を行ない、戦後も人権闘争に奮闘した。その森田が次のような言葉を残している。

人間の勇気なるものは、天から降ったり、地から湧いたりするものでなく、勇気が出せる主体的、客観的条件が必要である。

『偏見への挑戦』長島評論部会、一九七二年

森田の発言を、ぼくなりに嚙み砕いて説明してみよう。

差別されて苦しむ人に対して、しばしば「勇気を出して立ち上がれ」といった言葉がかけられることがある。たぶん、言っている方は励ましているつもりなんだろうけど、森田

はこうした言葉を厳しく戒めている。

というのも、差別されている人は精神的にも経済的にも追い詰められていることが多く、そうした人が孤立した状態で立ち上がれば、間違いなく社会から潰されてしまうからだ。

そもそも、差別と闘うことは恐ろしいことだ。そんな恐怖を前にして、人はそう簡単に〈勇気〉など出せるはずがない。

だからこそ、差別されている人に「勇気を出せ」とけしかけるのではなく、勇気を出せる条件を整えることが大切で、そのためには孤立しない・孤立させない連帯感を育むことが必要だと、森田は訴えている。

森田はこの本の中で、孤立した弱者は〈犬死《いぬじ》にする〉とも指摘している。〈犬死に〉という言葉を使うあたり、この人は差別されることの恐ろしさを骨の髄まで知っていたのだろう。だからこそ、差別との戦い方も熟知していたはず。

森田の言葉は、一読すると厳《いか》めしく見えるけれど、人は独りでは闘えないことを認めているわけだから、実はとても現実的な発言でもある。「人権闘争」や「差別との闘い」と書くと、いかにも偉大で崇高なことのように見えるのだけれど、実際に声を上げる一人ひとりは、恐怖心を持った生身の人間なのだ。

森田の言葉は、こうした事実に改めて気づかせてくれる。

止まらない「黙らせ合い」の連鎖

「言葉」には「受け止める人」が必要だ。「声を上げる人」にも「耳を傾ける人」が必要だ。でも、「自己責任」というのは、声を上げる人を孤立させる言葉だ。最近では、声を上げた人を孤立させて〈犬死に〉するのを待つような嗜虐的な響きさえ帯びてきたように感じている。

「従順でない国民の面倒など見たくない」という考えを持った権力者は、今後も「自己責任」という言葉を使い続けていくだろう。国民が分断されていることほど、権力者にとって好都合なことはないからだ。

権力者がこの言葉を使うことは、とても腹立たしいことではあるけれども、不気味なことではない。権力者というのはもともとそういう存在であり、ぼくたちがそうした権力者を支持するかしないかの問題なのだから。

ぼくが真に不気味に思うのは、むしろ一般の人たちが、この言葉を使って互いに傷つけ合うことで、「他人の痛み」への想像力を削ぎ落としていくことだ。

森田竹次の言葉をぼくなりに発展させるならば、「他人の痛み」への想像力は、人々が社会問題に対して声を上げるための〈勇気〉を育む最低限の社会的基盤だ。いま、「自己責任」という言葉の氾濫によって、この社会的基盤が危機的なまでに浸食されている。ぼくは、そうした危機感を抱いている。

「自己責任」という言葉は、これからも氾濫《はんらん》し続けるだろう。特に、この言葉で切り捨てられた経験を持つ人が、自分と似た境遇にある人に向けてこの言葉を投げつけてしまうような事態が連鎖的に起こっていくだろう。

というのも、傷つけられた経験を持つ人は、時として「自分を傷つけた論理」を、自分と似たような境遇の人に対して振りかざしてしまうことがあるからだ。

どれだけがんばっても報われなかったり、理不尽なかたちで傷つけられたりした経験を、「自己責任」という言葉で受け入れさせられてきた人たち。

社会の在り方に怒ったり、困難な状況の中で助けを求めたりすることを「してはならない」と思い込まされてきた人たち。

そうした人たちの目に、この社会を問い返そうとする人の姿が「無責任な振る舞い」「秩序を壊す乱暴な行為」として映ってしまうとしたら、これほど不幸なことはないと思う。

特に近年、社会に蔓延している「緊縮」という風潮が、こうした事態に拍車をかけるのではないか。

「国にお金がないのだから公に助けを求めるな」

「自力で生きられる者だけが生きる資格がある」

「パイが少ないのだから競い合うのは当然」

こうしたムードに苦しめられた人の口から、「自己責任」という言葉がこぼれてしまうのではないか。

同じような境遇の人たちが、互いに牽制し合い、黙らせ合っていくのではないか。

こうした負の連鎖に歯止めがかからなくなり、その結果生じた分断が、社会問題を問う〈勇気〉を生み出す基盤を破壊してしまうのではないか。

そうした懸念を抱いている。

理不尽に抗う方法

「自己責任」という言葉は、誰でも使えるし、誰にでも使える。こう書いているぼく自身、少し気を抜けば、この言葉を呟きそうになることがあって、背筋が寒くなることがある。

この言葉が溢れている現代は、いつ、誰が、どんな理由で、誰から虐《しいた》げられるかわからない状況に突入している。ぼくたちは、「自分が理不尽な目にあったとき、どうやって抗うか」を考えながら生活しなければならないステージに立っているのだと思う。

ただ、このように書きつつ、こんな疑問が湧いてくる。

そもそも、ぼくたちは「理不尽に抗う方法」を知っているだろうか。

誰かから教えてもらったことがあるだろうか。

「理不尽に抗う方法」を知らなければ、「理不尽な目にあう」ことに慣れてしまい、ゆくゆくは「自分がいま理不尽な目にあっている」ことにさえ気づけなくなる。

「自己責任という言葉で人々が苦しめられることを特に理不尽だとも思わない社会」を、ぼくは次の世代に引き継ぎたくはない。

だとしたら、ぼくたちは「理不尽に抗う方法」を学ばなければならない。

今回紹介した森田竹次にならうなら、理不尽な社会と闘う〈勇気〉を得たいなら、孤立しない・孤立させないことが大切なようだ。

そのためには何をしたらよいのだろう。

差し当たり、ぼくは「いまこの瞬間、怒っている人・憤っている人・歯がみしている人」を孤立させないことからはじめたいと思う。「自己責任」という言葉が、「人を孤立させる言葉」だとしたら、「人を孤立させない言葉」を探し、分かち合っていくことが必要だ。

一人の文学者として、そうした「言葉探し」を続けていこうと思う。

第一五話

「評価されようと思うなよ」

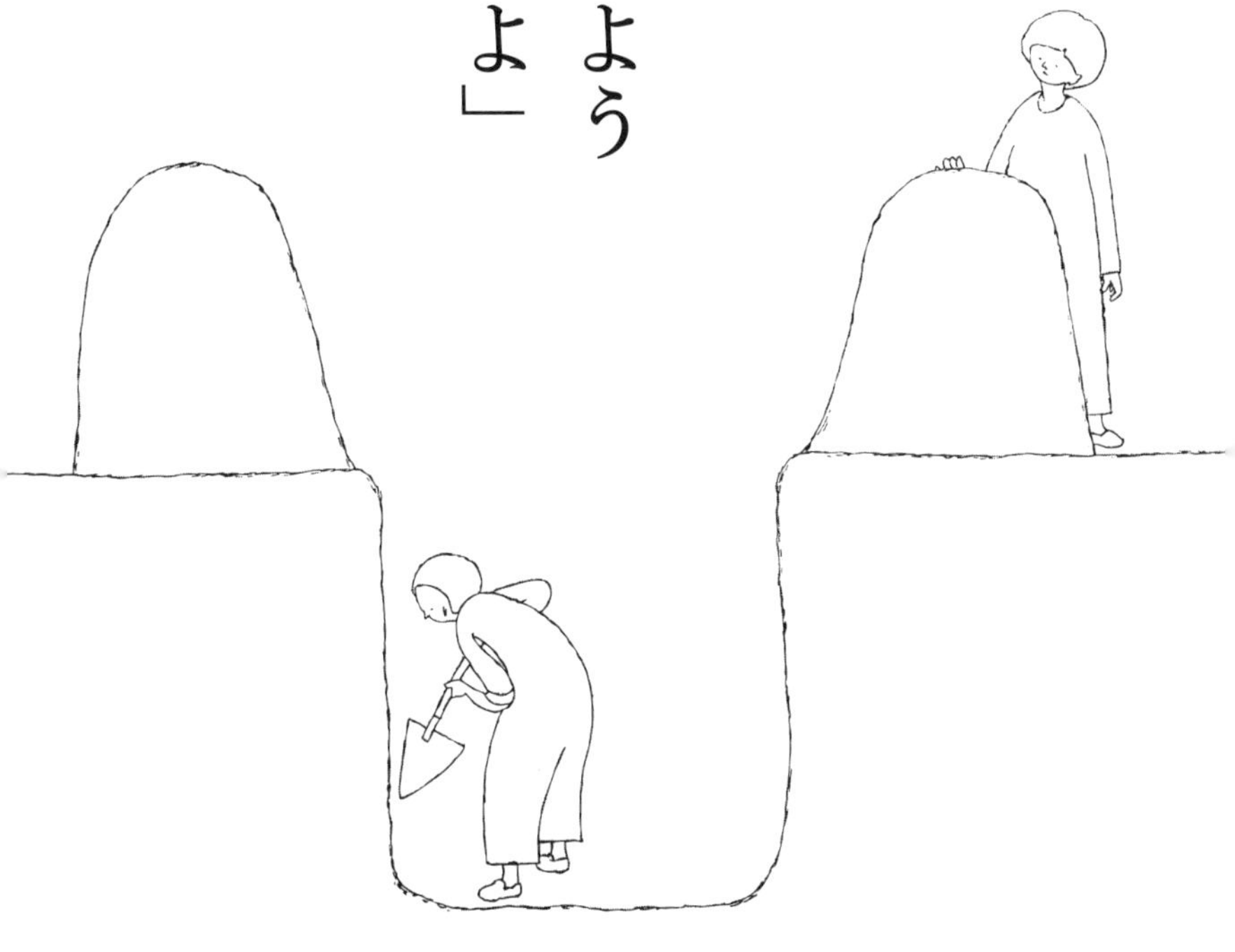

職業柄、文章を書くことが多い。多いというよりも、文章を書くことそれ自体が仕事になっていると言ってもいい。

学者に向けた学術論文も書く。

大学生向けの教科書も書く。

専門的な知見をわかりやすく嚙み砕いて、一般読者に読んでもらうための解説も書く。

文芸誌などに小説の書評も書くし、時にはエッセイを依頼されることもある。

授業でクリエイティブ・ライティングを担当しているから、学生と一緒にちょっとした短編小説を綴ることもある。

学校の書類も書くし、学生の論文添削や読書感想文のコメントも書く。

福祉団体の機関誌や会報に雑感のようなものを寄せることも多い。

それと、決して心地よい仕事ではないけれど、世の中で凄惨な事件が起これば、オピニオン記事を寄稿することもある。

文章の質はさておき、また量も別にして、幅だけで言ったら、たぶん専業作家にも負けていない気がする。

こうして日々、文章を書いていて思うことがある。たぶんだけれど、ぼくの文章は世間からまったく評価されていない。

「評価されていない」というのは、少し注釈が必要かもしれない。

もちろん、原稿料というかたちで労力に見合った報酬をいただくことはある。ぜんぜん見合ってない報酬をいただくこともある。読んでくださった方から、個人的な感想をいただくこともある。時には褒めてもらえることもあるけれど、もちろん、批判されることもある。

褒めてもらえれば単純に嬉しいし、批判されれば、その内容をきちんと噛み締める。それは、文章を世に出す者として当然のことだ。

ただ、例えばぼくの文章が、どこかでものすごく売れたり、権威や栄誉ある賞を受賞したり、ということはいままでもなかったし、きっと、これからもないだろう。

そして、ぼくはそのことに対して、正直に半分は寂しく思っているけれど、もう半分は確実に嬉しく思っている。

「評価されない」のが嬉しいというのも変な話だろう。強がっているだけだと思われるかもしれない。

確かに、強がりの要素がまったくないわけではないけれど、ただ、ぼくの頭の中には、尊敬する恩師からの言付けが、いまも神棚のお札みたいに鎮座《ちんざ》している。

「評価されようと思うなよ」という言付けだ。

想像力を超えていけ

こう諭してくれたのは、この本でもたびたび紹介している障害者運動家で文筆家・俳人の花田春兆さんだった。

ぼくが春兆さんの付き人のようなことをしていた頃、春兆さんが生活する特養（特別養護老人ホーム）のお部屋で、とりとめのない世間話をしていたとき、ふと、こんなアドバイスをくれた。

荒井君、評価されようと思うなよ。人は自分の想像力の範囲内に収まるものしか評価しない。だから、誰かから評価されるというのは、その人の想像力の範囲内に収まることなんだよ。人の想像力を超えていきなさい。

正確な引用ではないけれど、だいたい、こんな話だった。当時、まだ二〇代半ばだったぼくは、この言葉の意味をうまく理解できず、「なんか格好いいな」くらいにしか感じていなかったけれど、それなりに年齢を重ねたいまは、春兆さんが言いたかったことがわかるような気がする。

ひとつは、春兆さんなりに、ぼくを心配してくれたのだろう。あの頃のぼくは、まだまだ血気盛んな若者で、とにかく承認欲求のようなものが強かった。少しでも早く成果を上げたい。業界内でのステイタスを上げたい。そんな野心が溢れ出ていたんだと思う。でも、あまりにも評価や成果を焦ると、必ず危うい目にあう。いわゆる筆禍《ひっか》といわれるものも、たいてい背伸びしたところか、ウケを狙ったところに生じている。

それに「評価されたい」という気持ちが強いと、人はどうしても、自分の信念より相手が何を望んでいるかを気にしてしまう。自分の主張の一貫性・論理性・正当性といったものよりも、注目されることや話題になること自体が目的になってしまう（こうしてダークサイドに落ちていったんだろうなと思う物書きを、ここ最近、目にすることがある）。

もちろん、物書きとして世間がどんなものを欲しているのか、その空気を読むことも必要だし、読者の欲望を満たすことを職業的義務とする物書きもいるだろう。

でも、障害者運動家だった春兆さんが書き続けたのは、世間の空気を読んだ文章ではなく、世間の空気に抗う文章だった。そうした文章を書き続けた人だった。

だとしたら、弟子にあたるぼくが書かねばならないものは何なのか。

春兆さんは承認欲求でギラギラに脂ぎった未熟なぼくに、歩かなければならない道を示してくれたんだと思う。


「評価されようと思うなよ」

春兆さんのアドバイスの重みを、ここ数年、本当に実感している。というのも、原稿を寄せる媒体によっては、

「わかりやすく書いてください」

「関心のない人にも読んでもらえるようにしてください」

「同種の記事のスタイルとなるべく合わせてください」

という注文がやたらに多いのだ。

もちろん、自分の言いたいことが相手にきちんと伝わるかどうか、それを確かめながら、迷いながら、立ち止まりながら、文章を書くことは当然のことだ。それに、それぞれの媒体によってターゲット層や流儀のようなものがあることもわかる。

でも、「わかりやすさ」「読みやすさ」「面白さ」を気にしすぎると、自分の大切なもの

までヤスリにかけてしまっているような気がしてくる。

ぼくは、こうした注文を受けるたびにモヤモヤとした違和感を覚える。その違和感を喩えるならば、デモに参加して意思表示をしたり、差別に対して怒りの声を上げたりする人に対して、「もっと冷静に言わなければ伝わらないよ」といった類いのコメントをする人に対して抱くのと似た違和感だ。

自分が悩み、もだえながら考えていることを、相手の興味関心に収まるように、相手の想像力の範囲内に収まるように、切り詰めて、スケールダウンして書く——それがどれだけつらいことか、果たしてわかってもらえるだろうか。

それとも、もうこの時代、ペン先に描き手の葛藤や苦悶を織り込むような文章は求められていないのだろうか。だとしたら、そんな時代に背を向けて、「評価されない」ことを誇りにさえ思いたい。

花田春兆の葛藤

春兆さんの名誉のために、ちょっとだけ書き添えておこう。

春兆さんは九二年間の生涯にうちに、いくつもの賞を受賞している。俳句では萬緑《ばんりょく》新人賞（一九五八年）、俳人協会全国大会賞（一九六三年）、萬緑賞（一九六三年）を、福祉分野では国際障害者年記念総理大臣表彰（一九八一年）、朝日新聞社社会福祉賞（一九九五年）、ヤマト福祉財団小倉昌男賞特別賞（二〇一五年）を受賞している。

つまり、世間的には「評価」されてきた人だった。

最晩年、ぼくも授賞式にお伴《とも》させていただいたことがある。春兆さんは「天邪鬼」を自称したわりには素直な方なので、受賞の栄誉を本当に喜んでいらっしゃった。受賞の栄誉を喜ぶことが、自分を推してくれた方々への感謝なのだということもあっただろう。

でも、お若い頃は、「評価される」ということについて、そうとう複雑な思いを抱かれていたようだ。何をするにも「障害者のわりに〜」「障害者にしては〜」「障害があるにもかかわらず〜」という修飾語がつきまとってきたからだ。

「わりに」「しては」「かかわらず」という修飾語と共に誰かを評価する人は、たいていの場合、その人のことを「自分より上」には見ていない。

そんな世間を見返してやる。お若い頃の春兆さんが書いた文章には、こうした野心がギラギラにみなぎっている。

きっと、春兆さんは、ものすごく葛藤されていたのだろう。もしも世間から「評価」されれば、自分は「あいつらの下」にいることになる。かといって誰にも読んでもらえなければ、原稿はただの紙くずになる。見返すも何も、そもそも土俵にさえ上がれない。世間から「扱いやすい障害者」として小さく切り取られたくはない。でも、世間を見返すために自分の言葉を多くの人に読んでもらいたい。こうした葛藤を経験された上で、あのアドバイスをくださったのだろうと思う。その助言が重たくないわけがない。

ぼくが春兆さんと最後に交わした言葉は、それこそ「文章」に関することだった。ご体調を崩されて入院した病院で、もう眠られる時間が長くなって、ほとんどお話もできなくなっていた頃だった。

その日のお見舞いでも、春兆さんはずっと寝ていらっしゃった。聞こえてないかもしれないな、と思いつつ、ぼくは春兆さんのお耳に向けてひとつの報告をした。

「春兆さんがずっとご担当されていた雑誌の連載枠、ぼくが引き継がせていただくことになりました。がんばって原稿を書きます」

「雑誌」「連載」「原稿」という単語に反応されたのか。眠っていた春兆さんが、うっすらと目を開けた。痩《や》せ衰えたまぶたの奥で、鋭く黒目がきらめいた後、ふっと力が抜けたように、またお眠りになった。

そのまなざしは、「ありがとう」にも見えたし、「お前にできるのか」にも見えた。

第一六話

「川の字に寝るって言うんだね」

子どもの成長が早い。

ついこの間まで「幼児」だった息子が、すでに「少年」になっている。早くも体力面では逆転されているかもしれない。

あの生き物は、どれだけ動き回っても疲れない。身長も一ヶ月で一㎝近く伸びるし、食事の量も日に日に増えている。

対して、こちらは身体のあちこちが痛んで、食事の量も控えめになってくる。寝ても疲れが取れなくなってくるし、整骨院にかかる頻度も多くなるし、人間ドックの数値も悪くなってくる。

「伸びゆく者」と「老いゆく者」。体力の線グラフが交差・逆転していく様子を、いま目の当たりにしている。

わが子一人でも大変なのに、これが友だちと集まってはしゃいだりすると、もはや手に負えない。スキマスイッチの歌に『全力少年』という名曲があるけれど、これ以上「全力」で「少年」をやられたらかなわない。少し手加減してほしい。

それでも、まだまだ「やっぱり子どもだな」と思う瞬間がある。

例えば、何かのきっかけでうまく寝付けないとき——だいたいテレビかマンガで怖い場面があったときだけれど——、寝付くまで側にいてほしいと甘えてくる。

少し面倒くさいような気持ちと、子どもに頼られることの甘い喜びを感じながら、布団の中でおしゃべりに付き合う。驚くほど意味のないおしゃべりだ。でも、こうした時間も悪くないな、と思う。

正直に書くと、少し前まで、この「寝かしつけ」が地味につらかった。というのも、その後から無理に自分を追い込んで、もう一仕事しなければならなかったから、なかなか寝付かない子どもに苛立って仕方がなかったのだ。

子どもの就寝の時間帯は、「寝てくれない子ども」に直面するのと、「寝てくれない子どもにいらつく自分」に直面するのとで、けっこうしんどかった。普段、ぼくよりも忙しいパートナーも、たぶん、この時間帯は苦手だったろうと思う。

その後、子どもも成長と共に生活リズムが安定してきて、ぼくも仕事の量を調整できるようになってきて、「寝かしつけ後の追い込み」をしなくても済む日が増えた。それで、少しずつ、この時間を楽しめるようになってきた。

寝かしつけひとつをとってみても、ちょっとしたドラマがあって、そのドラマはきらきらと輝いてはいないけれど、それなりに大切なもので、そうした「それなり」が積み重なって、ぼくや、息子や、ぼくのパートナーの「人生」ができあがっていくのかな、なんて考えている。

なんで「寝かしつけ」だけで「人生が〜」なんて大げさなことになるのか。ちょっと話を盛りすぎじゃないか、と思われるかもしれないけれど、実はこれにはわけがある。「子ども」「親」「寝る」が組み合わさった忘れられない言葉があるのだ。

ハンセン病患者と家族

ハンセン病という病気がある。古くは「癩《らい》」という言葉で呼ばれ、長らく理不尽な差別を被《こうむ》ってきた病気だ。

この国には、かつて「らい予防法」という法律があった。「かつて〜あった」といっても、この法律が廃止されたのは一九九六年だから、ぼくが高校生の頃まで存在していたわけだ。「らい予防法」によって、ハンセン病の患者は療養所へと隔離されることになった。実際には療養所以外で生活した患者たちもいたのだけれど、でも、大勢の患者たちが療養所へと収容されたのだった。

たぶん、ほとんどのハンセン病患者たちは、親類や家族との壮絶なドラマを経験していたと思う。というのも、この病気は身内にまで差別が及んだからだ。

家族に患者がでたことで、周囲から「村八分」のような扱いを受けたりすることもあった。きょうだいまで結婚を断られたり、離婚させられたりすることもあった。絶望から自死する人がいたり、一家が離散してしまったり、場合によっては心中に追い込まれたりすることさえあった。

松本清張《せいちょう》の代表作『砂の器』は、父親がハンセン病患者だった少年が、戦争の混乱に乗じて身元を偽り、新進の音楽家として成功を手に入れるという話だ。

その彼は、かつて自分と父親を助けてくれた大恩人を殺害してしまう。本当の身元がばれるのを恐れたからだ。それほどまでに「ハンセン病患者の身内」であることは、社会から強く忌避《きひ》されたのだ。

だから、患者たちは必死に身元を隠した。療養所に入る際に家族との縁を切ったり、療養所内だけで通じる偽名（「園名」と言ったりもする）を用いたりした。

家族の側から患者の存在を隠すこともあった。療養所に入所した患者には、「帰ってくるな」「そちらから連絡をくれるな」「死んだことにしておくから」といった言葉を投げつけられた人も多かった。

かつての患者たちの間では「この病気は遺骨になっても故郷に帰れない」とさえ囁《ささや》かれた。悲しいことに、これは決して比喩ではない。ハンセン病療養所には、入所者の骨壺《こつつぼ》をおさめる納骨堂《のうこつ》が存在する。

雑談の中の断層

と、ハンセン病のことが長くなってしまったのにはわけがある。ぼくの研究はハンセン病療養所へのフィールドワークからはじまったのだ。

大学院生時代、週に一回か二回は、都内の療養所（国立療養所多磨全生園《たまぜんしょうえん》）に通っていた。こう書くと、ものすごく熱心に「研究」していたと思われそうだけれど、実はそんなこともなく、そこで知り合いになった入所者の方たちに、ただ単純に会いに行っていたのだ。

ぼくが通いはじめた頃の療養所は、ずいぶん高齢化が進んでいて、入所者の平均年齢は七〇代の半ばだったように思う。[1] だから、お会いする方はみんな、ぼくにとっては祖父母世代だった。

実は、ぼくは祖父母と親しく接した記憶がほとんどない。面と向かって会話した記憶がない。だからだろうか、祖父母に近い年齢の方たちと話をするのが、とても新鮮で楽しかったのだ。

ある時、仲良くなった入所者のお部屋[2]で、知り合い三人が集まって、お茶を飲みながら、とりとめのない話をしていた時だった。どんな話だったのかはもう覚えていない。その程度の話だ。

でも、ある瞬間、その方が打った「相づち」のような一言が衝撃だった。

「へ〜、『川の字に寝る』って言うんだね」という相づちだ。

この文章を読んでくれている人の中で、「川の字に寝る」という言葉を知らない人は、たぶん、ほとんどいないと思う。言うまでもなく、〈夫婦が子を中にして「川」の字の形に並んで寝る〉（『大辞泉』）ことを意味する慣用表現だ。

普通、こうした慣用表現は、ご年配の方のほうが詳しいだろう。それに、この慣用表現自体、決して特殊なものではない。というより、ありふれたものだ。

でも、その方は、この表現をご存じなかったのだ。

その方は当時、たしか七〇代の後半でいらっしゃったと思う。ご自宅に膨大な量の蔵書

1　療養所では、ハンセン病が回復した後も、後遺障害があったり、療養所外に生活の基盤がなかったり、という理由で入所を継続している人たちが暮らしている。こうした理由で医療施設に長期入院・入所することを「社会的入院」といったりする。

2　国立ハンセン病療養所は、「病院」というよりも「集合住宅」や「団地」といったイメージに近い。入所者も、特別な介護や医療ケアを必要としない人は、「療舎」という平屋のアパートのような住宅で生活していた。

を持つ読書家で、博識で有名な方だった。

療養所には幼少の頃にやってきたという。まだアジア太平洋戦争がはじまる前のことだ。どうやら父親が同じ病気だったようで、その父親と一緒に入所したらしい。療養所に来る前、父親が先に発病していたこともあって、近所の友だちとも遊んでもらえず、学校からは「来るな」と言われ、ずっと一人で過ごしていたようだ。きっと、そうしたご経験も関係していたのだろう。子どもの頃は、父親のことがあまり好きではなかったとおっしゃっていた。

ほとんど学校に行っていなかったので、療養所の中で「父親役」の先輩患者から勉強を教えてもらったらしい。当時の療養所では、子どもの患者のための小学校（に該当するもの）があって、「学がある患者」が先生役を務めたのだ。

その人は文字が読めるようになって、古今東西の文学作品に心のよりどころを見つけた。ご自宅の本棚は、単に「本が好き」というのとは次元が違う迫力があった。なんというか、「本という体裁をした人間の叡智《えいち》を込めたもの」に対する並々ならぬ敬意が感じられる、そんな凄味《すごみ》があった。

ぼくがその方と親しくさせていただくようになって、しばらくたった頃から、会話の中に、ぽつりぽつりとご親族の話題が挟まるようになった。

どうやら療養所の外にご親族がいらっしゃったようだけれど、おいそれと連絡できるようなご関係ではなかったようだ。中には、そもそも「その方が親族にいる」ということさえ知らない人もいるとのことだった。

そうしたご経験を持つ方が、「川の字に寝る」という言葉を知らなかったという事態を、どのように受け止めたらよいのだろう。

差別が奪うもの

その方は七〇年以上も療養所の中で生活し、最期も、療養所の中で息を引き取った。きっと、多くのハンセン病回復者の方がご経験されたようなこと――社会からの差別や親族・家族との壮絶なドラマ――を、その方もご経験されたのだろう。

昔の療養所は、生活するだけでも過酷な場所だった。

乏しい食事、不十分な医療、横柄で威圧的な医者、横暴な職員、狭い寮舎での集団生活、プライバシーのなさ、複雑な人間関係、社会からの偏見――ぼくは正直、あの環境で生活するのは無理だと思う。

それでも、また一方で、患者同士の友情や愛情があったり、共に差別と闘ってきた人たちの連帯感があったり、病気になることで気づかされることがあったり、それぞれの趣味や娯楽があったりして、四六時中涙に暮れるだけではない一人ひとりの人生があったはずだ。

ぼくは、その方の人生の「幸・不幸」を判断することなんてできない。誰かの人生の「幸・不幸」は、基本的には本人が決めることだからだ。

その方も、実際にはつらい経験をたくさんされたのだと思う。想像を絶する悲しいご経験もされたと思う。

でも、それでも、その方の人生が「不幸」であったとは、ぼくには言えないし、逆に「なんだかんだあっても最終的には良い人生でしたよね」とも言えない。人の人生の「幸・不幸」は、やっぱり第三者が軽々に踏み込むべき領域ではないのだ。

でも、それでも、それでも、思うことがある。

やっぱり、その方が「川の字に寝る」という言葉を知らなかったという事実に、ぼくは愕然とする思いを抱く。

「差別が奪ったもの」というか、「差別によって損なわれたもの」というか、そうしたものの大きさを想像するだけで、胸が張り裂けるような悲しみを覚える。

ぼくは、仕事柄「差別」というものを考えたり、過去の「差別」事件について調べたりすることが多い。

それなりにしんどい作業だ。

でも、どうしてこの作業を続けるのかと言えば、それはやっぱり、『川の字に寝る』って言うんだね」という、あの人の声が耳に残っているからだ。

第一七話
言葉が「文学」になるとき

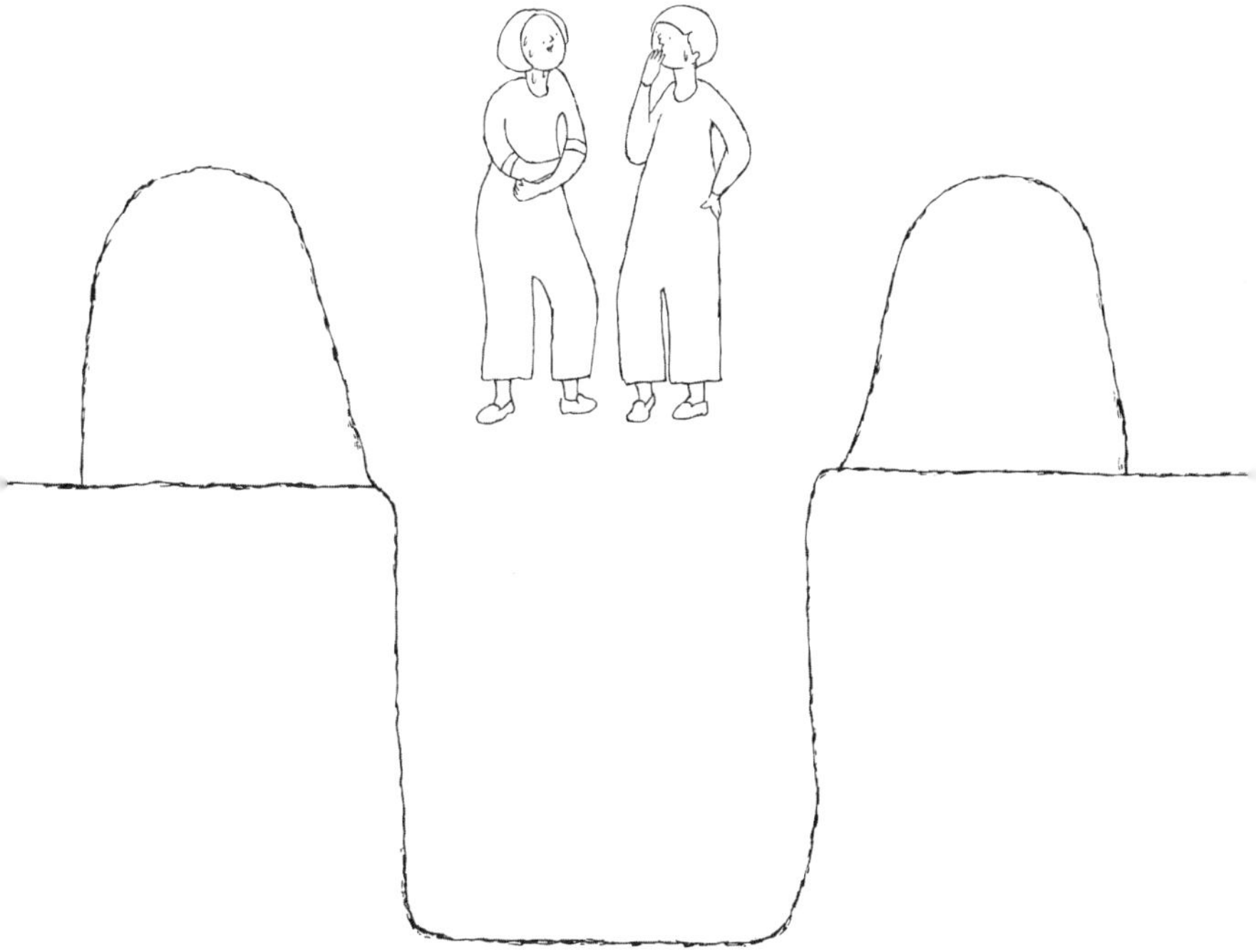

だいぶ以前の話になってしまうけれど、息子と映画『シン・ゴジラ』（地上波初放送）を観た時のこと。

映画の中で、自衛隊がゴジラを迎え撃つ「タバ作戦」が武蔵小杉から丸子橋（東京都大田区と神奈川県川崎市をつなぐ橋）で展開されていた。ぼくら家族は以前、この近辺に住んでいたから、二人でキャーキャー言いながら観ていた。

そんなこんなで盛り上がった夜。寝室でゴロゴロしながら「ゴジラが来たら何を持って逃げるか？」という話になった。息子が選んだのが次の三つ（出てきた順）。

①くまのぬいぐるみ（誕生祝いにもらったもの。0歳の時から寝室に置いてある）
②自転車
③水筒

この話をしていた時は、「水筒が入るだけで遠足感が出てしまうのはなぜだろう……」くらいにしか考えなかったけれど、これら三つは「シンボル」として捉えると、意外に事の本質を突いていたのかもしれない。

例えば、「水筒」を「生命に関わるもの」の象徴と考えてみる。災害時の非常持ち出し袋に入っているものや、避難所に備蓄されているもののように、とにかく生命をつなぐものがこれにあたるだろう。

そうすると、「自転車」は実用的なものだから、「生活に関わるもの」の象徴になるだろうか。生活を維持する仕事に不可欠なもの（ぼくだったら原稿・教材が詰まっているパソコンや執念で集めた資料など）が該当すると思う。

そう考えると、「ぬいぐるみ」は何の象徴になるんだろう。これがなければ「生命」に関わるわけではないし、「生活」できないわけでもない。でも、つらい時や、いよいよ危ない時、そばにいてほしいものだから、強いて言えば「心に関わるもの」の象徴かもしれない。

「ぬいぐるみ」が真っ先に出てくるところが、子どもらしいと言えば子どもらしいのかもしれない。大人のぼくは、反射的に「生命」と「生活」の部分を考えるし、それは大人の責任でもあると思っているけど、子どもは子どもなりに「自分にとって大事なもの」を持っているだろう。

「心に関わるもの」は、子どもだけが持っていて、大人になると失う、というわけでもないと思う。大人も大人なりに「心に関わるもの」を持っているはずだけれど、それがいろんなものに分散していたり、「関係性」みたいに形状のないものになっていたりするから、普段はわかりにくくなっているだけだろう。

こんなことを考えていると、子どもというのは、大人が考えるより「自分にとって大切なもの」をわかっているんじゃないかという思いが込み上げてきて、寝室に転がるくまが、普段よりもちょっとだけ神々しく見えてきたりする。

「文学」とは何か

ぼくは一応「文学者」ということになっていて、「文学」について考えたり、教えたり、語ったりすることが仕事になっている。

息子の保育園や小学校の友だち家族（ほとんど全員「文学部」とは関わりのない人たち）に「文学者です」と自己紹介すると、「へー、その、なんか、すごいですね……」という反応をいただいて、相手を困らせてしまったことに小さな罪悪感を覚えたりする。

あくまで、ぼくの経験の範囲内でのことだけれど、世間で「文学」というと、

「なんとなく、小説とか、そのあたりのもの……」

「国語の教科書に載っていた古くて読みにくい文章……」

「(ざっくりと)よくわからないもの……」

と、受け止められていることが多い。つまり、得体の知れないというか、あまり良い印象で受け止めてもらえないのだ。

実際「文学的ですね」という表現が褒め言葉で使われることは少ない。たいていは、「あいまい」「論理性に欠ける」「自分の世界観が強すぎる」といった、ちょっと困った語感を帯びて使われている。

一口に「文学」と言っても幅が広いし、別に、ぼくが「文学者」を代表しているわけでもないから、ぼくという一個人が「文学」のイメージや地位の向上に奮闘しなければならない義務もない。

でも、それでも「文学」が軽んじられるのは寝覚めが悪いから、ぼくなりに「文学とは何か」を説明しておくと、詰まるところ、「くまのぬいぐるみ」みたいなものなのだろうと思う。

それがなければ「生命」を維持することができないというわけではないし、「生活」が成り立たないというわけでもないけれど、つらかったり、苦しかったり、寂しかったりする時に、そっと「自分を支えてくれるもの」というのが、この世界にはあると思う。

それが存在してくれているという事実があるだけで、救われるような思いを与えてくれるもの。そうしたものの存在を信じようとする心の働きのようなもの。それが「文学」だと思う。

もう少し正確に言うと、ぼくという一個人は、そうしたものを「文学」として捉えていて、そうしたものの力を解明したいと思っている。

ALSという難病

ちょっと抽象的なので、尊敬する人の言葉を借りて説明を重ねてみたい。


死だけが不可逆なのである。生きて肌に温もりが残るあいだは改善可能性が、希望が残りつづけている。

『逝かない身体――ALS的日常を生きる』医学書院、二〇〇九年

これは、ALS（筋萎縮性側索硬化症）患者たちの支援活動をしている川口有美子さんの

言葉。

ＡＬＳは、徐々に運動神経がおかされていって、身体が動かなくなっていくという原因不明の難病だ。症状が進むと、眼球運動さえ止まってしまう人もいる（そうした状態は「トータリー・ロックトイン・ステイト」と呼ばれる）。

肺を動かす筋肉も動かなくなってしまうから、自発呼吸もできなくなってしまう。その際、人工呼吸器を装着すれば延命できるけど、装着という選択肢を選ばずに（選べずに）亡くなる人も少なくない。

二〇一四年夏、「アイスバケツチャレンジ」という動画がＳＮＳで流行したのを覚えているだろうか。バケツ一杯の氷水を頭から被って近くのＡＬＳ団体に一〇〇ドル（日本円では一万円）を寄付するという、病気の治療研究費を集めるチャリティ企画だった。

また、二〇一九年夏の参議院選では、ＡＬＳ患者の舩後靖彦さん（れいわ新選組）が当選したことも大きな話題になったから、この病気の名前を知っている人も多いと思う。

川口さんは、お母様がＡＬＳを発病されたことをきっかけに、この病気と関わるようになった。介護者の派遣・研修を行なう事業を手がけ、ＡＬＳのような難病の患者が、病院や施設ではなく街中で生きていくための活動を精力的にこなしている。

川口さんの活動は、狭い意味では「ALS患者の支援」なのだろうけれど、もう少し広く捉えると「人が人と関わりながら、社会の中で生きていくこと」自体を支援しようとする「生存運動」と言ってもいいだろう。

先に紹介したのは、川口さんがお母様の介護経験を綴った『逝かない身体』の中の一節だ。

たぶん、著者としては上の句〈死だけが不可逆なのである〉の方に力を入れていると思う。というのも、ALS患者は、「安楽死」や「尊厳死」の議論に巻き込まれやすいのだ。「安楽死」や「尊厳死」が議論される時、人工呼吸器などの力を借りて維持されてる生命のことが、しばしば「無意味な延命」「無駄に生かされている」と表現されてしまうことがある。

でも、「無意味」や「無駄」という形容がつく「生命」って何なんだろう……。こうした「生命」が存在するとなると、その裏返しで「意味ある生命」や「有益な生命」があるということになるのだけれど、本当に、それで良いのだろうか……。

「安楽死」や「尊厳死」が議論される際には、「本人の意志」や「自己決定」という言葉もよく出てくる。

でも、「本人の意志」とか「自己決定」って何なんだろう……。人の「意志」って、誰のものでも、どんな状況でも、きちんと公平公正に扱ってもらえるんだろうか……。それに、「生命に関わる」ような重大なことって、自分の生命でも、誰かの生命でも、きっぱりはっきりと決められるんだろうか……。

川口さんはALS患者たちと関わり合う中で、「安楽死」や「尊厳死」に、とても強い違和感や危険性を感じ取り、「死へと誘《いざな》う力」に警鐘を鳴らしてきた。

だから、引用した一節も、著者としては〈死だけが不可逆なのである〉に力が入っているのかもしれない。

でも、一読者としてのぼくは、むしろ下の句〈生きて肌に温もりが残るあいだは〜〉の、特に〈肌に温もりが残る〉という言葉遣いに注目したい。

文学が生まれる瞬間

『逝かない身体』には、お母様の介護の様子が赤裸々《せきらら》に綴られている。中には、けっこうな修羅場《しゅらば》もある。

人が人を支える介護は、時に壮絶な営みになる。もちろん、すべての介護が壮絶というわけではないし、介護のすべてが壮絶なわけでもない。介護とは、喜怒哀楽の総合的営為みたいなところがあって、決して単色には塗りつぶせない深みがある。

ただ、介護の現場では、人と人が真っ正面から向き合う瞬間もある。そうした瞬間には、「壮絶」という状況を避けては通れないこともある。

先の見えない日々の繰り返しに、介護する側も、される側も、身体が疲れて、心が磨り減って、気持ちが苛立って、つい目の前の人を疎《うと》ましく思ってしまうことだってあるだろう。

そうしたキレイごとでは済まない瞬間が、きっと、川口さんにもあったんじゃないか。でも、そうしたしんどい状況の中で、川口さんは、目の前にいるお母様の、その肌に触れて、その温もりに、ふと心安まる瞬間があったのだろう。

普通、介護というと、「する側」が「される側」を励ましたり温めたりするもの、とイメージする人が多いはずだ。でも、ここでは、お母様の介護をしている川口さんが、お母様の肌の温もりに淡《あわ》く心を温められている（と、ぼくは読んだ）。

川口さんのお母様は、トータリー・ロックトイン・ステイトという状態に至り、身体を一切動かすことができなくなったのだけれど、それでも、その体温で、誰かのことを温めていたのだ。

きっと、人には、人の体温でしか温められないものがある。

その体温を、単なる「温度」として捉えるのか、それ以上の「何か」として捉えるのか。

この「何か」として受け止めようとする力が「文学」なんじゃないか。

そんなことを思ってみたりする。

川口さんの『逝かない身体』は、ノンフィクションに区分されている（実際、大宅《おおや》壮一《そういち》ノンフィクション賞を受賞している）。でも、ぼくにとっては、これは「文学」。フィクションだろうが、ノンフィクションだろうが、読み手にこの「何か」を感じさせてくれる言葉こそ「文学」なのだ。

終話

言葉に救われる、ということ

第一話から第一七話まで、言葉の問題について考えてきた。

「まえがき」で書いたように、ここ最近、無残なまでに言葉が壊されている。でも、壊された言葉の「尊厳」とか「魂」とかいったものは、的確に要約したり、キャッチフレーズ化したりできないから、結局、何が壊され、何が失われつつあるのかがわかりにくい。

そうした「失われつつあることさえわかりにくいもの」の大切さをなんとか伝えたくて、ぼくなりにいくつものエピソードを重ねに重ねてその存在感を伝えようとがんばってみたけれど、これがうまくいっているかどうかは読者の皆さんにご判断いただくしかない。

ここまで読んでくださった方はお気づきかと思うけど、この本で紹介してきたのは、ほとんどが障害や病気と共に生きる人たちの言葉だった。

第一話で自己紹介した通り、ぼくは「被抑圧者の自己表現」を専門にしている文学研究者だ。特に障害者運動に関わってきた人たちとの付き合いが長く、そうした運動家から多くを学んできたから、どうしても障害や病気に関わるエピソードが中心になってしまった。

ただ、なぜぼくがここまで障害者運動家たちにこだわるのかについて、最後に説明しておきたいと思う。結論から言うと、こうした運動家たちとの出会いを通じて、ぼく自身が救われた経験があるからだ。この本では他人様のエピソードばかり紹介してきたので、最後くらいは自分自身の体験について書いておきたい。

「障害者」との不幸な出会い

もともと、ぼくは学校教員（特に中学・高校の先生）を目指していた。自分が学校にうまくなじめない子どもだったので、そういう子どもの味方になれるんじゃないか、なんて熱いことを考えていた時期が、このぼくにもあったのだ。

ぼくが大学に入学したのは一九九九年。この前年の入学者から、教員免許を取得するためには、福祉施設などでの実習（「介護等体験」）が義務付けられた。[1]はじまったばかりの制度ということで、当時は大学事務もドタバタしていて、こちらも詳しいことはわからず、大人数まとめてのガイダンスを受けた後、とにかく指示された実習施設へと派遣されたのだった。

ぼくが派遣されたのは、某旧国鉄の終点に近い駅から一時間に二本しかないバスに乗って約五〇分、「ここ東京ですか？」といった感じの小高い丘に建つ、そこそこの規模の知

1　義務教育の教員免許を取得するためには、社会福祉施設で五日間、特別支援学校で二日間の実習が必修になっている。

的障害者入居施設だった（あまりにも交通不便なので、担当者と交渉してバイクで通わせてもらったほどだった）。

結論から言うと、この施設での実習がつらかった。とにかく、つらかった。

まず、みんな混乱していた。

慣れない実習生を受け入れるということで、施設の職員さんたちは大変そうだった。「ただでさえ忙しいのに……」といった困惑の色が目に見えていた。

入居者さんたちも不安そうだった。普段見ない顔が突然やってきたのだから当たり前だろう。イレギュラーな出来事に混乱してしまった人もいて、それがまた職員さんの負担になっているようで、そうした空気がますます実習生の居場所を狭くしていた。[2]

それから、派遣先の施設がとても閉鎖的で厳しいところだった点もつらかった。

その施設では入居者の障害程度によって居住区画（ユニット）が分割されていて、ぼくは最重度の人たちの区画担当になった。そこではすべてのドアに鍵がかけられ、窓も少なく、あったとしても金網のようなものが付けられていて、なんだか全体的に薄暗かった。

職員さんたちの腰には重たそうな鍵の束が下げられていて、部屋の出入りをするたびに解錠・施錠が繰り返されていた。

入居者さんたちも、午前の作業と午後の活動以外は、その閉ざされたユニットの中で過ごしていた。ただし、「作業」といっても新聞を折ったり割いたり、ブロックを積んだり崩したりするだけ。「活動」といっても施設の敷地を一周(本当に「一周」!)歩くくらいだった。入居者さんの中には、自分を罵りながら自傷行為を繰り返す人や、ずっと壁と柱の間に収まって動かない人、窓の外を見続ける人、見慣れないぼくが珍しかったのかとにかく腕をつかんで何かを話しかけ続ける人がいたりして、なんというか、衝撃を受けたのだった。

実を言うと、ぼくは閉所恐怖のような症状を持っていて、「閉ざされる」「自分の意思でそこから出られない」という状況が続くとパニック発作が出てしまう(だからバスや映画館とかがものすごく苦手だ)。そのこともあって、実習中は常に緊張で喉の奥が詰まり、指先が冷たくなるような感覚があった。

それから、すべての職員さんがそうというわけではなかったけれど、中には入居者さんに対して横柄な態度の人もいた。そうした人が放つ冷たい目線や荒っぽい言葉を聞くのもつらかった。

はじめて接する「知的障害者」とコミュニケーションが取れないことも苦しかった。い

2 現在は介護等体験の制度はすっかり定着し、ご協力いただいている施設では実習生用プログラムを用意してくださっているところも多く、学生たちはみな充実した体験を得て帰ってくる。

まとなっては、知的障害のある人との意思疎通は、いわゆる「健常者」のやり方とは異なる場合があり、相手が受け取りやすいサインを送ったり、相手のサインを読み取ったりすることにそれぞれの流儀のようなものがあって、その感覚をつかむには時間をかけた関係性が必要だということはわかっている。

それに人と人はわかり合うことができなくても、お互いにわからない部分を抱えたまま、それでも同じ時と場所を過ごすことに意味があるのだ、と考えることもできる。

でも、その時のぼくは障害者との関わりを持つこと自体がはじめてで、経験も知識もまったくなかった。そんなこともあり、ぼくの頭は「知的障害者＝わからない・伝わらない人たち」という構図でがっちりと固まってしまった。

実習期間中、息子さん（二〇歳を少し回ったくらいだろうか）のショート・ステイ利用を申し込みに来たご家族がいた。ぼくはその申し込みの場にたまたま居合わせたのだけれど、不安になってそわそわと動きだした息子さんを施設の若い職員さんが羽交《はが》い締《じ》めにして押さえる場面もあった。

その職員さんは決して「悪い人」という感じではなかった。むしろ実直で真面目で、実習生のことも気にかけてくれる優しいお兄さんだったから、その人が勤務してくれていると安心した。

そんな人が羽交い締めまでせざるをえないということは、「知的障害者」というのは、やっぱり「わからない・伝わらない人たち」で、しかも「抑え込まねばならない人たち」なのだと思った。あちこちに鍵があるのも当然だと、自然に納得してしまった。

そうしたことがありながら、なんとか実習を終えたぼくは、更につらい思いをすることになる。

大学に戻ってみると、実習を終えた同級生たちがとても楽しそうに思い出話で盛り上がっていたのだ。高齢者の施設に派遣された友人は孫のようにかわいがってもらい、障害児の施設に派遣された友人は毎日子どもたちと外で遊び回り、とにかく「楽しかった」というのだ。

それに比べ、ぼくの実習の思い出は「障害者が怖い」「一緒にいるのがつらい」だった。みんなが「楽しかった」と笑顔で語っている実習を、ぼくは「怖い」「つらい」としか感じなかった。

実習後のある日、高校時代からの友人に「実習どうだった?」と聞かれたぼくは、誰かに話を聞いて欲しいという衝動に駆られて、「きつかった。怖かったし、最悪だった」と、愚痴を吐き出すように長々としゃべった。

その話を聞かされた友人も困ったのだろう。軽く引いた表情で、「でも……良い体験できたんでしょ?」と優しくフォローの言葉を絞り出してくれた。友人を困らせた上にフォローまでされていることもつらかったし、あの体験を「良い体験」とは受け止められない自分のことも嫌だった。

あの時、ぼくの中に渦巻いていたのは、「みんなは良い派遣先に当たってよかったな」という妬みの感情が三割くらい。あとの七割は「みんなが楽しいと感じた障害者との関わりを、『怖い』『つらい』としか感じなかった自分は、なんて差別的な人間なんだろう」という自己嫌悪だった。

ぼくが学部四年で教員採用試験を受けず、大学院進学を目指した動機の一部には、この時の自己嫌悪が関わっていると思う。こんな人間は教壇に立っちゃいけない、と思ったのだ。

イメージを解きほぐす出会い

ぼくが実習で体験したのは、とある施設の、たった五日間の風景だった。それを「実習生」という、いわば「お客さん」のような立場で通り過ぎただけだった。だから、たかがそれだけの体験で何かをわかった気になるなと思う人もいるだろう。

でも、よそ者だからこそ見えてしまう問題もある。たった五日間、あの風景の中を通り過ぎただけで、ぼくはその後の人生の選択に苦悩するほどの自己嫌悪に陥ってしまったし、同時に、冷たく凝り固まった障害者像を作り上げてしまった。

結果的に、その障害者像から解放されるためには、個性的で経験豊かな障害者たちとの年単位の関わりが必要になった。

細かな話は省略するけれど、その後、無事に大学院生になれたぼくは、ひょんなことから、この本で紹介した障害者運動家たちと出会い、その後の数年間、濃密な関わり合いを持つことになる。

その人たちは、簡単に言うと、ぶっ飛んでいてムチャクチャだった。もちろん、当時のぼくが勝手に膨らませていた障害者像に照らし合わせて、という意味で。

例えば、ぼくの師匠の花田春兆さんは、歩けないけどフットワークが軽くって、言語障害があるけどおしゃべりがうまくって、小学校しか出ていないけど博覧強記《はくらんきょうき》で、人脈が豊かで、大らかで、優しくて、融通《ゆうずう》が利くけど頑固なところは超頑固で、天邪鬼で、人使いが荒くて、無茶ぶりが多くって、とにかく一緒にいると「楽しんどい（楽しい＋しんどい）」人だった。

春兆さんの電動車椅子を追いかけて、障害者団体の会議や集会にもよく足を運んだ。そこには障害者として生きる人も、障害者と共に生きる人もたくさんいた。もちろん、知的障害の人や自閉症の人たちもいた。そうした場で出会う人たちは、ぼくが勝手に作り上げた障害者像とはかけ離れていた。

同じ時間、同じ場所で共に過ごしていても苦しくないし（不意に大きな声を上げられて驚いたりすることはあるけれど）、人によっては波長が合って楽しい（もちろん波長が合わない人もいるけれども、それは障害の有無に関係ない）。

コミュニケーションが取れる人もいたし、取れない人もいた。でも、それは、その時のぼくと先方との関係で取れたり取れなかったりしただけで、たとえ取れない相手でも、なんとなく一緒にいるのは決してつらいことじゃなかった。

そうした出会いの積み重ねが、ぼくの中で冷たく凝り固まっていた障害者像を少しずつ解きほぐしていってくれた。と同時に、ぼく自身、「生きる」ことに伴う息苦しさが薄紙を剝《は》ぐように楽になっていった。

それまでのぼくは、「こうあるべき」とか、「こういう生き方が望ましい」とかいった規範意識が強かったように思う。人は強い意志で自分を律して、競い合いを通じて能力を高め、決して他人に迷惑をかけず、社会の役に立つように生きることが「正しい」のだと思っていた。

これはひっくり返せば、そうした「正しい」生き方ができる人ほど存在価値が高い、ということになる。

人を競わせたり、型にはめたりする学校が嫌いだったにもかかわらず、それでも教員を目指したのは、こうした価値観が無意識のうちに骨の髄まで染み込んでいたからだろう。ぼくが教職を目指した動機の中に「人の上に立ちたい（人の上に立てるような価値ある自分でいたい）」という欲望が潜んでいなかったかと問われれば、正直、否定はできない。

実習を通じて「差別的な自分」に打ちひしがれたのも、いまから思えば、「自分は差別なんかしない理性的な人間だ」というナルシスティックな自己像が、偶発的に遭遇したしんどい現実によって粉々に打ち砕かれただけだったのだと思う。

ぼくは、あのまま障害者運動家たちに出会わなかったら、「自分は差別などしない理性的な人間だ」という自己像を守るために、冷たく凝り固まった障害者像を更に冷たく押し固めていただろう。

どれだけ障害者たちが排除されようとも、どれだけ遠くに隔離されようとも、「意思疎通できない人」や「社会の厳しさについていけない人」は、そうなっても仕方がないし、皆のためを思うならそうなるべきだ、と考えていただろう。

なんてことはない。「よくわからない障害者が苦手だ」という卑近な嫌悪感を、「現実社会は厳しいので、この厳しさについていける人たちだけが参加した方が誰にとっても幸せなんだ」という卑俗な正義感に包んでごまかしていただけだった。

「障害者」＝「あちら側の人たち」というイメージを勝手に作り上げることで、ぼくという人間は間違いなく「こちら側」の存在なのだという幻想にしがみつこうとしていた。

だから、これはものすごく言葉にしにくいことだけれど、相模原事件を起こした人物を、ぼくはどうしても「異常な人」とは思えないでいる。もちろん、彼が行なったことは理解も共感も納得もできない。でも、少なくとも彼は自分と「地続き」のところを生きているんだろう、という実感はある。

どうやら、自分以外の誰かに対して硬直した像を押しつけることと、自分自身を堅苦しい像に閉じ込めることとは表裏一体らしい（第一話で見たAさんのように）。障害者運動家たちとの出会いは、ぼくの中の障害者像を解きほぐしてくれただけじゃなく、頑なな自己像もゆるめてくれたように思う。

あの頃、運動家たちからもらったものはたくさんあるけれど、強いて最大のものをあげるとすれば、『正しい』とか『立派』とか『役に立つ』といった価値観自体を疑う感覚」を教えてもらったことだろう。

もともと、ぼくは自己肯定感（この言葉も「?」という感じだけれど）が低くて、「正しく立派で役立つ存在でありたい」という願望が強い。でも「〜でありたい」という願望は、同じ歯車で「未完成の自分」という引け目や焦燥感をかき立てて、「〜であらねばならぬ」と我が身にムチを打ってくる。

でも、その「正しい」「立派」「役に立つ」といった価値観自体、誰が作ったものなんだろう。これを追い求めて、本当に幸せになれるのだろうか。障害者運動家たちから、そうした「疑う感覚」を学んだように思う。

「正しく立派で役に立つ自分であらねばならぬ」という出所のよくわからないプレッシャーは、いまもぼくの中で消滅はしていないけれど、確実に楽にはなった。「そもそも『正しい』とか『立派』とか『役に立つ』って何だよ」と、舌打ちくらいはできるようになった。

そうした舌打ちができるようになるにつれて（舌打ちすることを自分に許せるようになるにつれて）、他人に対する要求水準もゆるやかになってきた気がする。

それまでのぼくは自罰感情と他罰感情が正比例するような生き方をしていて（簡単に言えば「俺はこんなにがんばってるんだから、みんなこれくらいして当たり前」「俺はこれくらいできるから、みんなもこれくらいできて当然」という感じ）、あのまま妄信的に突っ走っていたら最強にマッチョな自己責任論者になっていただろう。そして何かの躓《つまず》きをきっかけにして、我が身を焼き尽くしていたんじゃないかという気がする。

言葉を諦めないために

ぼくの凝り固まった価値観をほぐし、肺の奥まで呼吸しやすくしてくれたのが、この本で紹介した運動家たちとの出会いであり、言葉との出会いだった（本当はもっとたくさんあるけど、もうこれ以上、紹介する余力も能力もいまのぼくにはない）。

変な言い方だけれど、ぼくは自分が経験したことを、それほど「珍しい悩み」だとは思っていない。むしろ、この社会でマジョリティとして生きる人は、多かれ少なかれ、この種の苦しみを抱えているんだと思う。ただ、それを素直に「つらい」「しんどい」と認めるのは意外にむずかしい。

素直に「しんどい」と認められない強張《こわば》りを、優しくさすって温めてくれたり、時にはガツンと叩いてひびを入れたりしてくれたのが、これらの言葉だった。無意識のうちに自分で自分をムチ打っていることに気づかせてくれた、という感じだろうか。

何度も繰り返すけど、いま、ぼくは「言葉が壊されている」という猛烈な危機感を持っている。

言葉というものが、偉い人たちが責任を逃れるために、自分の虚像を膨らませるために、敵を作り上げて憂さを晴らすために、誰かを威圧して黙らせるために、そんなことのためばかりに使われ続けていったら、どうなるのだろう。

肯定的な感情と共に反芻《はんすう》できない言葉ばかりが、その時、その場で、パッと燃焼しては右から左に流されていく。そんなことが続いていけば、言葉に大切な思いを託したり、言葉に希望を見出したり、言葉でしか証明できないものの存在を信じたり、といったことが諦められたり軽んじられたりしていくんじゃないか。

多くの人が言葉を諦め、言葉を軽んじ続けたら、世界に何が起きるのだろう。きっと、ろくでもないことしか起こらないはずだ。次の世代にそんな世界を引き継がせないために、いまぼくにできるほとんどすべてのことが、ぼくを助けてくれた言葉たちへの恩返しのために、この本を書くことだった。

あとがき

「まとまらない」を愛おしむ

ぼくの仕事には、どうしても「誰かの人生を言葉に換える」という作業が付いて回る。これが何年やっても慣れるということがなくて、毎回モヤモヤと悩まされる。具体的に何に悩まされるのかというと、「どれくらいその人のことを知ったら、その人の人生について書くことができるのか」という問いに悩まされるのだ。

この場合の「書くことができる」というのは、「能力的に可能か否か」と「資格があるかないか」という要素が複雑に絡み合う。仮に、波瀾万丈な人生を送った人物について書くとして、その混沌とした生命《いのち》の足跡を「ぼくの文章力でまとめられるか」という問題と、「このぼくがまとめていいのか」という問題に頭を抱えることになる。

ぼくの経験上、三〜四時間くらいの取材であれば前者の問いに振り切って考えることができる。「短い取材では深いところまで立ち入れませんから、とにかく文章だけは読みやすくまとめておきます」といった具合に。逆に、その人と三～四年がっつり付き合うと、後者への手応えは得られるけど読みやすい文章に仕上げるというのが不可能になる。書きたいことが多すぎてまとめられない状態に陥るのだ。

ただ、ぼくはこの「まとめられない」というのが嫌いじゃない。むしろ、ものすごく好きだ。この感覚は、喩えるなら「思い出の写真を整理する」のに近いかもしれない。大切な人と映った写真を見返していくと、その一枚一枚についてのエピソードはいくらでも語れるのに、一緒に映っている人の人生や、その人が自分にとってどれだけ大切かを言葉で説明しようとすると、なかなかどうしてうまくいかない。

この「うまく言葉でまとめられないものの尊さ」に、どうしようもなく惹かれてしまって、なんとかそれを言葉で表わしたいと願うのだけれど、それをするだけの能力と資格がぼくにあるのか……と、最初の問いに戻るというのをずっと繰り返している。

こうした言葉の問題は、ちょっと乱暴だけれど、「要約すること」と「一端を示すこと」に分けて考えられるかもしれない。

「要約する」というのは、大きな世界や複雑な物事の縮図を作ることだ。ここでは正確なミニチュアを作るための技術の巧拙が問われることになる。

対して「一端を示す」というのは、大きすぎて表現しきれないものの一部を見せて、その表現しきれなさを想像してもらうことだ。先の思い出写真の喩えで言うと、それぞれの写真にまつわるエピソードを伝えて、そこに映っている人の存在感の大きさを感じとってもらうこと、とでも言ったらいいだろうか。

学者というのは、どちらかと言うと「要約」のプロフェッショナルなのだろう。というか、そうあるべきなのだろう。ぼく自身、物事を正確かつ緻密に言葉で表現する訓練を受けてきた（つもりです……）。

でも、世の中には「一端を示す」ことでしか表現できないものがある。ぼくの中にもある。伝え手側の言葉の技術ではもうどうしようもなくなって、とにかく受け手側の感受性や想像力を信じて託すしかない。そんな祈りに近い言葉でしか表現できないことがある。

そもそも「要約」というのは、「お前は、この私にとってわかりやすい存在であれ」といった傲慢さと隣り合わせだったりする。だからこそ、そうでない言葉の在り方を、祈りのような言葉の重みを、いろんな人の言葉の力を借りて表現してみよう……という無茶な試みがこの本だったのだけれど、それができているかどうかは、それこそ受け手を信じて祈るしかない。

最近、この社会は「安易な要約主義」の道を突っ走っている気がしてならない。とにかく速く、短く、わかりやすく、白黒はっきりとして、敵と味方が区別しやすくって、感情の整理が付きやすい。そんな言葉ばかりが重宝され、世間に溢れている。

この一因には、ＳＮＳが存在するのは間違いないだろう。確かにＳＮＳの情報は速くて助かる。ぼく自身、普段からその便利さを享受している。

でも、ＳＮＳのフレームに切り出された言葉は、物事の緻密で正確な「要約」になっているかというと、そうでもないことが多い。かといって祈るような思いが込められているかというと、やっぱりそうでもないことが多い。ぼくらが毎日見ているあれらの言葉が、正確な「要約」でも世界の「一端」でもないとしたら、果たして正体は何なんだろう……。

いま、人類が経験している新型コロナウイルスの大流行も、この「安易な要約主義」に拍車をかけるのではないかと、嫌な予想をしている。

パンデミックに限らず、大災害は人間を数字（死亡者数・重症者数・陽性確認者数など）に置き換える。数字化（データ化）というのは究極の「要約」かもしれない。非常時には「いま世界はどんな状況なのか」を正確に把握しなければならないから、どうしても人間をデータ化する必要がある。そうした情報を収集・解析するために、高度な技能を持つ専門家たちが今日も身を削って奮闘してくれている。

でも、その数字はあくまで「うまく言葉にまとめられない人生を生きる一人ひとり」を置き換えたものだ。いま世界全体が同じウイルスに苦しめられているけれど、その苦しみの内実はそれぞれ違う。日々更新される数字の裏には、「要約」なんかできない人生が張り付いていることを忘れてはいけない。

「安易な要約主義」は、そうした想像力を削ぎ落として、「人間をとにかく数字化すれば世界を理解したことになる」という過信へと傾きかねない怖さがある。こうした過信の一歩先には、「人間だろうが、世界だろうが、簡単に『要約』して理解できる」という妄信がある。SNSで見かける「要約」でも「一端」でもない言葉の正体は、そんな「妄信的要約（妄約）」なのかもしれない。

言葉を生業《なりわい》とする文学者の一人として、全身全霊でそんな風潮に抗いたい――なんて身の丈に合わない大それたことを、在宅ワーク用に急遽こしらえた小さな机の上で妄想している。

謝辞

本書は、二〇一八〜一九年にかけて「WEB asta*」(ポプラ社運営)で連載した『黙らなかった人たち』(全一三回)が基になっています。今回、柏書房から単行本化されるに際し、各回の原稿を大幅に加筆・修正し、また新たに五話分を書き下ろしました。本書刊行にあたりご理解・ご協力を賜りました各版元の皆さまに、この場を借りて篤く御礼申し上げます。

本編でご紹介させていただいた方々については、直接面識のある方も、ご著書でしか存じ上げない方もいらっしゃいます。お目にかかることができた方には、かけがえのない出会いの時間を賜りましたことを心より御礼申し上げます。ご著書でしか存じ上げない方には、素晴らしい本を生み出してくださったことに感謝申し上げます。

帯文に過分なお言葉をくださった、はらだ有彩さん、望月優大さん、ありがとうございました。お二人に最初の読者になっていただけたことで、自信を持って本書を世に出すことができます。

この本のために素晴らしい装画・挿絵を描いてくださった榎本紗香さんにも御礼申し上げます。「言葉を掘り下げる」という本書のテーマを的確に汲み取っていただけて、本当に嬉しいです。

最後になりましたが、この本を世に出すことに並々ならぬ誠意と熱意を示してくださり、遅々として進まない執筆に最後まで伴走してくださった天野潤平さんに感謝申し上げます。「一緒に本を作りましょう」と声をかけていただいてから、もう何年経つのでしょうか（ごめんなさい……）。あっちいったり、こっちいったり、いろいろ迷走しながらも、ようやく「まとまらない本」ができました。

私たちは皆、「要約」できない人生を、うまく言葉にまとめられないまま、とにかく今日という日を生きています。その「まとまらなさ」こそ愛おしいと思います。願わくば、その愛おしさを読者の皆さんと分かち合えますように。そんな愛おしさが、涼しい顔してちょこんと座っていられる世界でありますように。

二〇二一年三月

荒井 裕樹

本書は株式会社ポプラ社が運営するメディア「WEB asta*」で二〇一八年二月から一九年二月にわたって連載された『黙らなかった人たち』を改題・加筆修正し、書籍化したものです。まえがき、第八話、第一五話、第一六話、第一七話、終話、あとがきは書き下ろしです。第
なお、本書で紹介したエピソードの中には、個人の同定を避けるため若干の改変を行なったものがあります。

荒井裕樹（あらい・ゆうき）

一九八〇年東京都生まれ。二松學舍大学文学部准教授。専門は障害者文化論、日本近現代文学。東京大学大学院人文社会系研究科修了。博士（文学）。著書に『隔離の文学――ハンセン病療養所の自己表現史』（書肆アルス）、『障害と文学――「しののめ」から「青い芝の会」へ』（現代書館）、『差別されてる自覚はあるか――横田弘と青い芝の会「行動綱領」』（現代書館）、『障害者差別を問いなおす』（筑摩書房）、『車椅子の横に立つ人――障害から見つめる「生きにくさ」』（青土社）、『凜として灯る』（現代書館）、『障害者ってだれのこと？――「わからない」からはじめよう』（平凡社）、『生きていく絵――アートが人を〈癒す〉とき』（ちくま文庫）などがある。

まとまらない言葉《ことば》を生《い》きる

二〇二一年五月二五日　第一刷発行
二〇二四年六月五日　第七刷発行

著者　荒《あら》井《い》裕《ゆう》樹《き》
発行者　富澤凡子
発行所　柏書房株式会社
東京都文京区本郷2-15-13（〒113-0033）
電話（03）3830-1891［営業］
（03）3830-1894［編集］

装丁　アリヤマデザインストア
装画　榎本紗香（しょうぶ学園）
組版　高井愛
校閲　高橋克行
印刷　壮光舎印刷株式会社
製本　株式会社ブックアート

ISBN978-4-7601-5349-7